KB024418

아빠, 나를 내버려 둬

아빠, 나를 내버려 둬

브리지트 스마자 글 | 양진성 옮김
처음 찍은날 2014년 3월 24일 | 처음 펴낸날 2014년 3월 31일
펴낸이 정세민 | 펴낸곳 (주)크레용하우스 | 출판등록 제5-80호
주소 서울 광진구 천호대로 709-9 | 전화 (02)3436-1711 | 팩스 (02)3436-1410
이메일 crayon@crayonhouse.co.kr | 홈페이지 www.crayonhouse.co.kr

Oublie-moi un peu, papa!
Text by Brigitte Smadja

World copyright ⓒ 2012, l'ècole des loisirs, Paris
Korean translation copyright ⓒ 2014, Crayon House co., Ltd.
This Korean edition is published by arrangement with l'ècole des loisirs
through Bookmaru Korea literary agency in Seoul.
All rights reserved.

이 책의 한국어판 저작권은 북마루코리아를 통해 l'ècole des loisirs와의 독점계약으로
㈜크레용하우스가 소유합니다. 신저작권법에 의하여 한국 내에서 보호를 받는 저작물이므로
무단 전재와 복제를 금합니다.

ISBN 978-89-5547-329-2 43860

이 도서의 국립중앙도서관 출판시도서목록(CIP)은 서지정보유통지원시스템 홈페이지(http://seoji.nl.go.kr)와
국가자료공동목록시스템(http://www.nl.go.kr/kolisnet)에서 이용하실 수 있습니다.(CIP제어번호: CIP2014008116)

아빠, 나를 내버려 둬

브리지트 스마자 글 양진성 옮김

크레용하우스

차 례

내 고양이가 심장마비로 죽은 줄 알았던 날

여름방학 전 마지막 주말, 나는 평소보다 조금 일찍 잠에서 깼다. 침대에서 이리저리 뒤척이고 베개에 머리를 파묻어 보기도 했지만 소용없었다. 잠이 다시 오질 않았다.

마도 아줌마와 약속한 시간이 두 시간도 채 남지 않았다. 마도 아줌마는 노장쉬르마른에서 열리는 발랑틴의 생일 파티에 날 데리고 가기로 했다. 나는 발랑틴의 생일 선물을 고르느라 정말 많이 고민했다. 엄마 생각인 액세서리는 너무 흔한 선물이라 주고 싶지 않았다. 또 아빠 의견인 책도 별로인 것 같았다. 그런 것보다는 우리의 우정에 걸맞은 특별한 선물을 해 주고 싶었다.

고민을 거듭하다가 마침내 좋은 생각이 떠올랐다. 우리가 좋아하는 가수의 노래에 맞춰 안무를 짜서 보여 주는 것이었다. 그래서 지난 일요일에는 루카스, 에스테르와 함께 종일 안무 연습을 했다. 분명 발랑틴도 좋아할 것이다. 마도 아줌마는 열네 번째 생일을 맞는 딸을 위해 큰 요트 하나를 빌리고 딸의 친구들과 부모님들을 포함해 많은 손님들을 초대했다. 하지만 우리 부모님은 할 일이 많아서 파티에 가지 않을 것이다. 뭐, 아쉽지만 할 수 없지.

커튼 사이로 파란 하늘이 보인다. 날씨도 좋을 것 같다. 마도 아줌마는 강에서 수영을 해도 괜찮다고 하겠지.

손목시계가 8시 10분을 가리켰을 때, 엄마 아빠가 내 방으로 들어와 침대 양쪽 끝에 앉았다. 내가 베개 두 개를 등 뒤에 받치고 앉자 엄마 아빠가 말을 꺼냈다. 무슨 연극의 한 장면이라도 연습하듯 정확히 동시에 말이 튀어나왔다.

"저기 있잖아."

엄마 아빠는 그 한 마디를 동시에 내뱉은 것에 놀라 서로 쳐다보고는, 다시 내 쪽으로 몸을 돌렸다. 엄마 아빠의 미소로 보건대 뭔가 대단한 일을 알려 주려는 것이 틀림없었다. 예를 들면 이번 휴가 때 자동차를 사서 타고 가기로 했다거나 아니면 아빠가 사고 싶어 하던 캠핑카를 사서 함께 캠핑을 갈 거라거나. 나도 캠핑카는 늘 있었으면 했다. 그래서 캠핑카를 사면 내가 갖가지 색으로 칠을 하고 직접 만든 행운의 부적으로 여기저기 장식도 하겠다고 했었다. 즐거운 생각을 하다가 다시 엄마 아빠를 보았다. 어느새 아빠의 눈빛은 흐려져 있었고 얼굴에 머금었던 미소도 사라지고 없었다.

침묵이 계속되자 나는 걱정되기 시작했다.

"마도 아줌마가 절 데리러 안 오신대요?"

"아냐, 오실 테니 걱정 마. 방금 전화 왔었어."

"그럼 준비해야겠어요."

엄마는 안 좋은 소식을 전하기 전에 날 위로하려는 듯이 내 손을 꼭 잡으며 말했다.

"잠깐만."

발랑틴의 생일 파티가 취소되는 것보다 끔찍한 일이 뭘까? 잠시 앞이 캄캄해지더니 몇 년 전 그날이 떠올랐다. 그날 엄마는 자는 나를 깨우더니 눈물을 글썽이며 내 손을 붙잡고 말했다.

"나오미, 쉬종이 죽었어. 마지막으로 한번 볼래?"

나는 내 거북 쉬종을 아주 좋아했다. 온갖 샐러드도 먹이고 심지어 립스틱도 발라 준 적이 있었다. 작별 인사를 하고 싶지 않았다. 상추로 만든 침대에 눕혀 천을 깔아 놓은 상자 안에 넣고 싶지도 않았다. 아빠가 어릴 적에 살던 집 뒤쪽의

숲 속에서 벌어질 장례에도 가고 싶지 않았다.

나는 몇 년 전 그날처럼 내 손을 꼭 잡고 있는 엄마의 얼굴을 볼 용기가 나지 않았다. 아마도 내 고양이한테 무슨 일이 생긴 것이라는 생각이 들면서 가슴이 쿵쾅거리기 시작했다.

쉬종이 죽고 몇 달쯤 지나, 나는 집 근처 구덩이에서 덜덜 떨고 있던 고양이를 발견했다. 나는 당장 그 고양이를 안고 엄마 아빠한테 달려갔다. 엄마 아빠가 내 손 안에 웅크리고 있는 작고 굶주린 고양이를 보면 분명히 우리가 기르자고 할 테니까. 역시 내 생각은 틀리지 않았다.

"가엾은 것! 포베리노!"

엄마는 엄마의 모국어인 이태리어로 소리쳤다.

혹시 그 가엾은 고양이 포베리노가 자다가 심장마비라도 일으킨 걸까? 포베리노도 쉬종처럼 세상을 떠난 걸까? 포베리노와 나는 만난 이후로 한 번도 떨어져 본 적이 없다. 보통 때는 아침마다 발치에 따뜻한 털 뭉치가 닿곤 했는데 어쩐지 오늘 아침엔 발치가 차가웠다. 포베리노가 내 침대에 없었다. 이리저리 둘러보았지만 포베리노는 어디에도 없었다. 왜 엄마는 내 손을 이렇게 꼭 잡고 있을까? 나는 마음의 준비를 하고 엄마를 쳐다보았다.

하지만 엄마는 포베리노에 관한 이야기는 꺼내지도 않았다. 대신 엄마는 아빠를 많이 사랑하지만 예전처럼 사랑하는 것은 아니며 그건 아빠도 마찬가지라고 말했다. 무슨 말을 하려는지 알 것 같았지만 나는 알고 싶지 않았다.

엄마는 다시 입을 다물었다.

이어서 아빠가 무슨 말을 하려고 했지만 목소리가 갈라져 나왔다. 아빠는 어떻게 말을 꺼내야 할지 고심하는 것 같았다. 그러다 결국 적당한 말을 찾지 못하고 다시 생각에 잠겼다. 드디어 아빠가 말을 꺼내려고 할 때 포베리노가 문틈으로 들어와 내 침대로 뛰어올랐다. 포베리노는 내 옆에 웅크리고 앉아서 마치 미안해하는 것처럼 가르랑거렸다. 나는 포베리노의 미간 위쪽을 쓰다듬으며 안도의 한숨을 내쉬었다. 포베리노가 죽은 게 아니라서 정말 다행이었다. 그보다 큰일은 없을 테니까.

아빠가 나에게 물었다.

"어떻게 생각하니?"

나는 포베리노 때문에 아빠가 방금 무슨 말을 했는지 잘 알아듣지 못했다. 그래서 어깨를 으쓱하는 것으로 대답을 대신했다. 아빠는 내 시선을 피하면서 한 문장, 그리고 다시 한 문장을 공들여 말했지만 단어가 입에서 술술 나오지 않았다. 갑자기 아빠가 무척 슬퍼 보였다. 시간이 조금 흐르고 마침내 아빠가 제대로 말하기 시작했는데 단어들이 제각기 따로 노는 것 같았다.

"나오미, 그래도 아빠가 널 정말 많이 사랑한다는 걸 잊으면 안 돼."

나는 고개를 숙였다. 이해가 가질 않았다. 아빠는 항상 날 사랑한 게 아니었나? 새삼스럽게. 그때 전화벨 울리는 소리에 포베리노가 깜짝 놀라 일어났다. 나도 그때를 이용해 포베리노를 따라 자리에서 일어났다. 포베리노는 내 다리에 몸을 비비다가 갑자기 발톱으로 장딴지를 할퀴었다. 나는 할퀸 자리가 아파 짜증이 났다. 고양이들은 아침 식사 달라는 표현을 좀 더 부드럽게 할 필요가 있다. 그래도 나는 포베리노가 좋아하는 크로켓을 다른 날보다 많이 담아 주며 귀에 대고 속삭였다.

"포베리노, 날 혼자 두고 가면 안 돼, 알겠지? 안 그러면 처음 만났던 구덩이에 다시 데려다 놓을 거야."

포베리노는 내 눈을 쳐다보며 작게 가르랑거렸다. 이해한 모양이었다.

발코니에서 내려다보니 마도 아줌마의 녹색 자동차 트윙고가 보였다. 나는 차를 보자마자 엄마 아빠에게 인사하고 포베리노를 잘 봐 주겠다는 약속을 받아 냈다. 포베리노는 새 모래를 좋아하니 고양이 화장실에 있는 배설용 모래를 새 것으로 갈아 주는 걸 잊지 말고 가끔 부엌 창문으로 달아나기도 하니까 잘 감시해 달라고도 했다. 엄마 아빠는 알겠다고 약속하고 다시는 못 볼 사람처럼 날 계단 앞까지 배웅하며 잘 가라고 손짓했다. 나는 엘리베이터를 기다리지 않고 4층에서 1층까지 달려 내려갔다.

마도 아줌마는 나를 보자 몸을 숙여 차 문을 열어 주었다.

"자, 이제 파티 시작이야! 가자!"

마도 아줌마와 엄마는 고등학교 때부터 친구였으니 꽤 오래 알고 지낸 사이다. 대입 시험을 함께 준비했고 동시에 아기를 가졌으며 각자의 딸을 데리고 공원을 산책하며 많은 시간을 함께했다. 엄마나 아줌마 말대로 둘은 상부상조하며 산다. 그러니 마도 아줌마는 분명히 엄마 아빠의 일에 대해 알고 있을 것이다. 그건 좀 거북한 일이었다. 게다가 아줌마는 엄마 아빠가 헤어지려는 이유도 알고 충분히 이해하고 있을 것이다. 아줌마는 나에게 질문을 퍼부을 생각이 없다는 것을 증명하기 위해 창문을 활짝 열고 오페라 아리아 시디 한 장을 골라 틀고는 따라 부르기 시작했다. 가끔 음이 높아지면 목소리가 갈라졌다가 웃음소리로 이어지곤 했다. 그러면 자동차들이 경적을 울리며 우리를 추월했다. 어서 발랑틴을 만나고 싶었다.

온갖 색깔의 꽃으로 장식된 요트 위에서 발랑틴이 나를 기다리고 있었다. 발목까지 내려오는 긴 아프리카 풍의 원피스를 입은 모습이 눈부셨다. 머리에는 컬을 넣고, 금빛 반짝이도 뿌리고, 화려한 머리띠로 마무리해서 머리 위에 후광이 비치는 것 같았다. 수호천사라고 해도 될 정도였다. 곧 발랑틴은 자신의 생일날 내 부모님이 이혼하기로 했다는 사실을 알게 될 것이다.

발랑틴이 웃으며 나에게 말했다.

"너, 티셔츠 거꾸로 입었어!"

"그럴 만도 하지."

"뭐가 그럴 만해?"

"오늘 아침에 무슨 일이 있었는지 알아?"

발랑틴은 내 말을 듣지 않았다. 멀리서 에스테르와 루카스의 목소리가 들렸기 때문이었다. 발랑틴은 날 놔두고 친구들을 맞으러 달려갔다. 그리고 친구들의 선물을 받고는 기뻐서 어쩔 줄 몰라 하다가 요트 뒤편, 선물 놓는 자리에 가져다 놓았다. 거기에는 오로지 발랑틴만을 위한 선물들이 산더미처럼 쌓여 있었다. 발랑틴의 등 뒤에서 루카스와 에스테르가 나에게 손짓을 해댔다. 나는 손을 휙 저으며 친구들을 조용히 시켰다. 충분히 연습을 했으니 걱정할 것 없었다.

발랑틴이 다시 나에게 와서 물었다.

"아까 무슨 말을 하려고 했어?"

발랑틴의 기분이 정말 좋아 보여서 말할 수가 없었다. 파티를 망치고 싶지 않았다. 발랑틴의 열 네 번째 생일은 또 오는 게 아니니까.

"아무것도 아냐. 아, 맞아. 오늘 아침에 포베리노가 심장마비로 죽은 줄 알았어."

발랑틴이 대답했다.

"그럴리 없지. 고양이들은 심장이 튼튼하니까. 우리 음악 들으러 가자. 내가 에이미 와인하우스 시디 가져왔어."

"나돈데!"

'에이미 와인하우스'는 우리가 가장 좋아하는 가수다.

14

지난여름에 에이미 와인하우스가 죽었다는 소식을 듣고 우리는 눈물을 흘리며 촛불을 켜고 그녀를 추도했었다.

선물을 풀어 보기 전에 나는 발랑틴에게 우리가 가장 좋아하는 영화 〈마틸다〉의 주제곡을 불러 주었다. 다른 친구들은 그 영화가 별로라고 했다. '어린이 영화'와 '미친 록 가수'를 좋아하는 건 발랑틴과 나뿐이었다.

이제 깜짝 선물을 공개할 차례였다. 에이미 와인하우스의 노래에 맞춰서 짠 안무! 에스테르는 춤이라면 젬병이지만 루카스는 엄청난 춤꾼이었다. 우리 셋은 연습한 대로 잘 해냈다. 우리의 선물을 보고 발랑틴은 감격해서 울기 직전이었다. 바보 같은 발랑틴 때문에 나한테까지 울음이 전염될 것 같았다. 다행히 동물 울음소리 성대모사를 아주 잘 하는 내가 얼른 닭 울음소리를 흉내 내서 한순간에 분위기를 바꾸어 놓았다. 그건 좋은 생각이었다. 울음을 터뜨리려던 발랑틴은 금세 웃음을 터뜨렸다.

저녁에는 요트 안쪽에서 미친 듯이 웃으며 영화를 봤는데 너무 웃어서인지 내용이 잘 기억나지 않는다.

자정이 되기 조금 전 록 음악이 흘러나오자 저녁 내내 내 옆에 붙어 있던 루카스가 춤을 청했다. 좀 망설이던 나는 발랑틴이 부추기는 바람에 할 수 없이 승낙했다. 루카스는 몇 소절 지나지 않아 금세 리듬을 타고 나를 리드했다. 루카스의 손동작에 맞춰서 추기만 하면 실수할 일은 없었다. 춤을 추던 다른 커플들은 박자를 놓쳐서 깔깔거리고 웃거나 헐떡이면서 하나둘 무대를 떠났다. 우리만 빠른 록 음악에 맞춰 끝까지 춤을 춰서 우레와 같은 박수갈채를 받았다.

발랑틴이 내 귀에 대고 속삭였다.

"둘이서 죽이 아주 잘 맞던걸? 완벽한 한 쌍이었어!"

함께 춤을 잘 춘다고 완벽한 한 쌍이면 개나 소나 다 커플이게? 나는 이렇게 대답하고 싶었지만 그럴 수가 없었다. 발랑틴이 말을 마치기가 무섭게 다른 친구들에게 이끌려 갔기 때문이다.

게임과 선물 증정이 끝나고 온갖 색깔의 크림으로 장식된 생일 케이크를 자르고 나서 우리는 요트의 갑판 위에 담요를 두르고 모여 앉았다. 일기예보는 빗나갔다. 바람이 점점 세게 불어 요트가 앞뒤로 흔들렸다. 크림을 너무 많이 먹은 탓인지 토할 것 같았다. 우리는 요트 옆 오두막으로 자리를 옮겼다.

오두막에 누워 작은 전등을 끄기 전에 발랑틴이 말했다.

"오늘 생일 파티 정말 멋졌어."

그랬다. 정말 멋진 파티였다. 하지만 내 여덟 살 생일 파티 만큼은 아니었다. 그때 아빠는 커다란 영사막을 대여해서 영화 〈마틸다〉를 보여 주었다. 또 엄마는 애니메이션 〈제임스와 거대한 복숭아〉도 준비했다. 아빠가 준비한 선물은 그것 말고도 열댓 가지나 되었다. 그중에서도 가장 좋았던 것은 아빠가 일하러 나가지 않고 하루 종일 내 곁에 있었다는 거였다.

일요일 저녁, 집에 돌아온 나는 무척 놀랐다. 문 뒤에서 날 기다리고 있어야 할 포베리노가 보이지 않았기 때문이었다. 야옹거리는 소리도, 발톱으로 문을 긁어대는 소리도 들리지 않았다. 나는 엄마를 제치고 달려가다가 상자에 부딪쳐 비틀거렸다. 그러다 부엌 창문이 열린 것을 보고 소리 질렀다.

"엄마! 포베리노가 도망쳤어요!"

"아냐, 나오미, 이리 와서 봐."

포베리노는 발톱 자국을 내 놓은 초록색 벨벳 소파에 앉아서 태평하게 텔레비전을 보고 있었다. 아빠가 '형편없는 고물'이라고 말하는 30년도 더 된 낡은 텔레비전을.

아빠는 거실에도, 부엌에도 없었다. 하지만 아직 걱정이 되지 않았다. 아빠는 함께 수학을 연구하는 아저씨들을 만나느라 종종 이틀이나 사흘씩 집에 안 들어오기도 하기 때문이었다. 조금 있으면 아빠가 나한테 전화를 할 것이다.

엄마는 저녁 식사를 준비하면서 생일 파티에 관해 물었다. 나는 엄마의 질문에는 관심이 없었다.

"엄마도 초대 받았잖아요. 같이 갔으면 될걸."

"이번 주에는 갈 수가 없었어. 너도 왜 그런지 잘 알잖아. 벌써 여러 번 설명했는데 처음부터 다시 말해 줘?"

아니다, 그건 싫다.

엄마는 디저트로 머랭을 얹은 레몬 타르트를 만들어 주었다. 나는 엄마가 만든 레몬 타르트가 좋다. 엄마는 머랭을 두꺼우면서도 가볍게 부풀어 오르도록 만들기 때문이다. 타르트는 파란색 무늬가 있는 흰 접시 위에 놓여 있었다. 특별한 날에만 사용하는 접시였다. 왜 오늘 저녁 식사가 특별한 거지?

나는 내 접시에 손도 대지 않고 내 맞은편에 있는 아빠의 빈자리만 쳐다보았다.

"안 먹어?"

"배가 좀 아파요."

엄마는 곧바로 일어나 주전자에 물을 끓였다.

"따뜻한 차 줄게. 레몬 타르트는 나중에 먹자. 레몬 타르트의 좋은 점이 바로 그거야. 놔두면 놔두는 대로 그냥 그 자리에 있다는 거."

엄마는 종종 수수께끼 같은 말을 하는데 오늘 저녁엔 너무 피곤해서 더더욱 무슨 말인지 짐작할 수 없었다.

물이 끓기를 기다리는 동안 텔레비전 앞에 가서 포베리노와 함께 소파에 파묻혀 있는 게 좋을 것 같았다. 현관 앞에 여행 가방 두 개와 꼭 봉해 놓은 상자 다섯 개가 보였다. 나는 아무 생각 없이 그것들을 쳐다보았다. 그냥, 그러기만 했다. 굳이 부모님 방에 가서 옷장 문을 열고 절반이 비어 있는 것을 확인하고 싶지 않았다.

나는 거실을 가로질러 가서 텔레비전을 껐다. 포베리노는 텔레비전에 바짝 붙어서 필사적으로 야옹거리며 내 행동을 막았다. 포베리노는 자기가 하고 있던 것을 방해하면 무척 싫어한다.

"그만해. 그런다고 달라질 건 없으니까."

포베리노는 내가 양보하지 않으리란 것을 깨닫고 내 방으로 따라왔다. 그러더니 굴욕당한 왕자 같은 표정을 지으며 내 침대 발치에 웅크리고 앉았다.

나는 포베리노 옆에 앉아 시를 공부하기로 했다. 교생 선생님이 재미있는 시라며 소개해 준 샤를 크로의 시는 아무리 집중하고 반복해서 읽어 봐도 머릿속에 들어오지 않았다. 끈으로 엮어 못에 걸어 둔 훈제 연어에 관한 시였다. 똑같은 농담도 사람마다 다르게 받아들이는 것 같다. 뭐, 당연하지만.

엄마가 마편초 차를 들고 들어오는 순간 전화벨이 울렸다. 때마침 배에 경련이 일었다. 누가 건 전화인지 알 것 같았다. 엄마는 전화를 받으라고 손짓했다. 하지만 나는 받고 싶지 않았다. 나는 배 속에서 느껴지는 통증 때문에 얼굴을 찌푸렸다. 내가 협조하지 않자, 엄마는 기분이 상한 표정으로 뜨거운 찻잔을 내려놓고 전화를 받으러 갔다.

오늘 저녁은 아빠가 날 바꿔 달라고 하지 말았으면 싶었다. 무슨 말을 해야 하나? 하지만 엄마는 다 괜찮다고 아빠와 두 마디쯤 나누더니 나한테 수화기를 내밀었다. 엄마는 어떻게 다 괜찮다고 말할 수 있을까?

아빠는 아주 즐거운 듯한 목소리로 나에게 물었다.

"나오미, 발랑틴 생일 파티는 잘 끝났어?"

침묵이 흘렀다. 아빠와 대화하는 중에 침묵이 흐르기는 처음이었다. 목에 단어들이 한데 뭉쳐서 밖으로 말을 내뱉을 수가 없었다.

"괜찮니, 나오미?"

"네, 괜찮아요. 아빠는요?"

"괜찮아."

나는 아빠에게 안녕히 주무시라거나 내일 보자는 말도 하지 않고 전화를 끊었다. 그리고 차를 몇 모금 마셨다. 마편초 차는 아직 따뜻했다.

시에 관한 시험을 보면 다 틀릴 것이 뻔했다. 하지만 다 틀린대도 상관없었다.

엄마는 잘 자라고 인사하기 전에 한 번 더 아빠와의 이혼, 새로운 생활과 휴가, 나와 아빠가 보내게 될 8월 등에 관해 이야기했다. 하지만 나는 그런 이야기에는 관심이 없었다. 포베리노가 나를 향해 가르랑거렸다. 발랑틴의 말이 맞았다. 고양이들은 심장이 튼튼하다.

아빠를 알아보지 못한 날

월요일 아침에는 지나치게 운이 좋았다. 시에 관한 시험은 보지 않았다. 발랑틴도 공부를 하지 않았지만 적어도 발랑틴은 그럴듯한 구실이 있었다. 주말에 자기 생일 파티가 있었으니까.

나는 수업이 끝나고 엄마 아빠의 이혼에 관해 발랑틴에게 말하고 싶었다. 하지만 교실이나 식당에서 말하고 싶지는 않았다. 아무데서나 털어놓을 만한 비밀은 아니니까. 일정한 조건이 갖춰져야 했다. 나는 운동장을 살펴보았다. 에스테르나 루카스, 다른 학생들, 선생님들에게서 멀리 떨어진 곳을 찾았다. 그리고 오후가 될 때까지 참고 기다렸다.

하지만 하필 그날은 학교 건물에서 모두 나가 운동장에 줄을 맞춰 앉아 있어야 했다. 폭발이 있었던 것도 아니고, 테러리스트가 지붕 위에 나타난 것도 아니고, 학교에 불이 난 것

도 아니고, 소방관이 화염 속에서 어린이들을 끌어내는 것도
아니었다. 그냥 만약의 경우를 대비한 훈련이었다. 뭐, 상관
없었다. 우리는 사이렌 소리를 듣고 약간 겁을 먹은 상태에
서 재난 상황에 대처하는 우리 모습을 상상하기 좋아했다.
모두들 운동장에 모여 앉아 떠들기 바빴다. 우리는 오후 3시
가 되어서야 학교 밖으로 나갈 수 있었다.

발랑틴에게 엄마 아빠 이야기를 할 수가 없었다. 그렇게
웃어 젖히고 나서 심각한 이야기를 할 수는 없으니까.

화요일, 아침부터 기분이 안 좋았다. 일어나고 싶지도 않
고, 이 닦기도 싫고, 옷을 입고 싶지도 않았다.

엄마는 부엌에서 잠옷 차림으로 오른쪽 뺨과 어깨 사이에
전화기를 낀 채 힘껏 자몽을 짜고 있었다. 아빠의 누나인 엘
렌 고모와 이야기하는 중이었다. 엄마는 나를 보자 미소를
짓고 샴페인 잔에 자몽 주스를 따른 다음, 전화를 끊었다.

"엘렌 고모가 드디어 부르고뉴에 정착했다는구나. 개학하
면 고모를 자주 만날 수 있을 거야. 너한테 사랑한다고 전해
달래."

"좀 의외인데요? 엘렌 고모는 그런 말 안 하는데."

"엘렌 고모도 많이 변했지."

"달라지기엔 나이가 너무 많잖아요."

엄마는 한숨을 내쉬고 아주 진한 커피를 두 모금 마셨다.

"내일은 평소처럼 마도 아줌마네 갈 거야. 아줌마가 널 수영장에 데려간다고 약속했어."

"발랑틴과 전 두 살 때부터 매주 수요일마다 마도 아줌마가 약속을 지키길 바라 왔어요."

"이번엔 꼭 지킬 거야. 사람을 믿어야지, 나오미. 사람을 절망에 빠뜨리는 건 사람으로 가득한 세상이지, 사람은 아니란다."

엄마는 또 알아들을 수 없는 말을 하고 나서 자리에 앉아 가계부를 펼치고 뭔가를 계산하기 시작했다. 나는 내 앞에 놓인 구운 빵 두 개에 손도 대지 않았다. 그래도 샴페인 잔에 든 자몽 주스는 마셨다. 신선한 과일 주스는 꼭 샴페인 잔에 따라 마셔야 한다는 건 엄마 생각이었다.

엄마는 숫자에 집중이 안 되는지 나한테 아빠 이야기, 엄마 이야기를 하고 다시 아빠 이야기를 시작했다. '새로운 계획', '화요일 저녁', '주말', '9월부터 이 주에 한 번씩'. 엄마의 이야기 중 기억해야 할 것만 머릿속에 띄웠다.

나는 포베리노를 보고 있었다. 포베리노는 크로켓 그릇을 쳐다보고 주위를 빙빙 돌다가 멀어져 갔다. 그러더니 부엌 입구에 앉아서 조각상처럼 꼼짝도 하지 않았다. 부엌이 비면 그때 아침 식사를 하려고 기다리는 것이었다. 언제부턴가 포베리노는 조용히 혼자 있는 시간을 좋아했다.

"무슨 생각하니, 나오미? 왜 하나도 안 먹어?"

"배고프지 않아요. 엄마, 저 갈게요."

"아직 이르잖아."

"할 게 많아요. 시도 분석해야 하고."

"엄마가 좀 도와줄까?"

"아뇨!"

엄마한테 숙제를 부탁할 생각은 조금도 없었다.

"좋아. 오늘 오후에 어떻게 해야 하는지 다 알겠니? 정말 다 기억하지? 잊어버리지 않겠어?"

한꺼번에 세 가지 질문이라니. 나는 엄마에게 인사도 하지 않고 내 물건을 챙겨서 부엌을 나섰다. 냉장고에는 아직 먹지 않은 레몬 타르트가 날 기다리고 있을 것이다.

8시 25분에 마도 아줌마의 녹색 트윙고가 와서 내 앞에 멈쳤다. 발랑틴을 보고 이렇게 기쁜 적은 없던 것 같다. 나는 마도 아줌마의 인사에 고개만 꾸벅 숙이고 가장 친한 친구이자 마음속 비밀을 털어놓을 수 있는 자매 같은 발랑틴에게 달려갔다. 발랑틴은 손짓으로 내 뜀박질을 멈추게 했다.

"이번엔 분명해. 루카스는 너한테 빠진 거야. 루카스가 에스테르에게 말했고 에스테르가 나한테 말해 줬어."

발랑틴은 계속 배낭 주머니를 뒤적거리면서 말했다.

"뭐 찾아?"

"머리끈. 그런데 루카스가 너를 사랑한다는데 아무렇지도 않아?"

"그보다 훨씬 중요한 일이 생겼거든. 정말이야."

"그게 뭔데? 부모님이 캠핑카라도 사셨어?"

"아니. 이혼하셨어."

발랑틴은 눈을 동그랗게 떴다. 반응은 꽤 만족스러웠다. 내가 발랑틴을 저렇게 놀라게 할 일이 그리 자주 있는 건 아니니까.

"뭐? 몰랐네."

"나도 몰랐어. 너한테 처음 말하는 거야."

"세상에! 부모님이 미리 말씀 안 해 주셨어?"

"응. 아니, 뭐, 하긴 했지. 하지만……."

"넌 전혀 낌새 같은 거 못 느꼈어?"

물론 있었다. 아빠가 외박하는 바람에 잠을 설친 엄마의 충혈된 눈을 아침에 몇 번 보았다. 그때마다 아빠는 사무실 책상에 앉아 수학 공식과 씨름하고 있었다. 또 엄마가 꽃병 안에서 썩게 내버려 둔 꽃 때문에, 혹은 내 옷과 함께 세탁기에 넣고 돌려서 분홍색 물이 든 셔츠 때문에 화가 난 아빠의 목소리도 들었다. 하지만 그런 것까지 발랑틴에게 말할 수는 없었다.

"아니, 전혀."

"왜 이혼하셨는지 알아?"

"서로 사랑하지만 더 이상은 예전처럼 사랑하지 않는대."

"아!"

발랑틴은 내 설명이 아주 명확한 답이 되었다는 듯 대답했다. 그리고 다시 말을 이어 갔다.

"마르탱과 나도 초등학교 4학년 때 그랬지. 기억나? 서로 사랑했지만 더 이상은 사랑하지 않았어. 그런데 너, 슬퍼?"

예상치 못한 질문이었다. 생각할 시간이 필요했다. 엄마 아빠가 이혼해서 가장 슬픈 게 뭘까? 대답이 떠올랐다. 고통

스럽게.

"이제 다시는 엄마 아빠와 함께 아침 식사를 할 수 없어. 이해돼?"

"글쎄, 아니."

"이해 안 된다고? 발랑틴, 정말 이해가 안 가?"

발랑틴은 몇 초 동안 내 얼굴을 뚫어져라 쳐다보더니 어쩔 수 없다는 듯 어깨를 살짝 으쓱해 보였다. 순간 나는 발랑틴을 더 이상 보고 싶지 않았다. 다시는 발랑틴에게 중요한 말도 하지 않고, 수요일에 발랑틴의 집에도 가지 않고, 함께 음악도 듣지 않고, 결정적으로 우리의 우상인 에이미 와인하우스의 히트곡도 함께 듣지 않겠다고 결심했을 만큼 속이 상했다. 내 인생에서 가장 중요한 소식을 알려 주었는데 아무 일도 없는 것처럼 날 보고 계속 웃다니, 확 전학을 가 버리고 싶었다.

발랑틴은 머리끈을 찾고 나서 천사 같은 목소리로 말했다.

"너희 부모님은 서로 사랑하셔. 넌 두 분 다 볼 수 있지. 그래, 물론 함께는 아니지만. 우리 아빠는 내가 태어나기도 전에 아프리카 어딘가에서 실종됐어. 난 한 번도 아빠 얼굴을 본 적이 없어. 단 한 번도. 어떻게 생겼는지도 몰라. 그에 비하면 넌……."

발랑틴은 아무 말 없이 삐져나온 잔머리들을 정리했다. 발랑틴의 비밀을 깜빡한 내가 바보처럼 느껴졌다.

"미안해."

발랑틴은 앞만 똑바로 쳐다보며 의기양양하게 말했다.

"괜찮아."

아빠는 종종 발랑틴을 이렇게 불렀다.

'아프리카 공주.'

우리는 한동안 말없이 있었다. 그러다 갑자기 발랑틴이 내 옆구리를 팔꿈치로 치며 길 한쪽 구석에 있는 루카스를 가리켰다. 루카스는 주황색 스카프를 두르고 있었다.

"내가 말했지!"

"뭘?"

"잘 봐. 새 스카프 하고 왔잖아. 너한테 푹 빠져서 그래. 미리 말해 두는데 에스테르가 잔뜩 골이 나 있어."

나는 대답 대신, 바위산 꼭대기에 갇힌 염소 울음소리를 내기 시작했다. 발랑틴은 자지러지게 웃었다.

낮 동안 나는 내가 루카스를 좋아하는지 아닌지 생각해 보앞다. 발랑틴은 루카스를 정말 멋진 애라고 생각했다. 나도 루카스가 춤을 잘 춘다는 점은 인정하지만 그가 하는 말은 하나도 재미가 없었다.

4시 30분을 알리는 종이 울리자마자 우리는 재빠르게 가방을 챙겼다. 그리고 느림보 같은 애들을 밀치고 가장 먼저 길가로 나왔다. 6월의 마지막 화요일은 하늘이 온통 잿빛이었다.

"올 여름 날씨는 계속 꿀꿀할 것 같지?"

루카스는 내가 조금이라도 웃어 주길 기대하며 날씨 이야기를 꺼냈다.

나는 루카스의 말에 대답하기도 전에 마도 아줌마를 발견했다. 아줌마는 여름이나 겨울이나 늘 밝은 색의 옷을 즐겨 입기 때문에 금방 눈에 띄었다.

나는 엄마를 찾아보았다. 엄마가 일하는 서점에서 화요일에는 특별히 엄마를 일찍 퇴근하게 해 주었다. 그래서 엄마는 화요일마다 학교 앞에서 날 기다리며 친구와 수다를 떨곤했다. 그런데 마도 아줌마 옆에 엄마 대신 한 남자가 있었다. 나와 눈이 마주치자 남자가 웃으며 내 쪽으로 팔을 벌렸다. 나는 깜짝 놀라 꼼짝도 하지 못했다.

발랑틴이 소리쳤다.

"너희 아빠야! 아저씨, 안녕하세요!"

"안녕, 아프리카 공주님!"

생전 처음으로 아빠가 날 데리러 학교 앞에 와 있었다. 나는 이때까지 아빠가 다른 학부모들 틈에 있는 모습을 한 번도 본 적이 없었다. 14년 동안 한 번도. 아빠는 오후에 시간을 낼 수 없었다. 나는 아빠를 향해 달려갔다. 하지만 발랑틴이 나보다 훨씬 빨랐다. 그래서 발랑틴이 먼저 아빠와 포옹을 했다. 아빠가 없는 친구는 항상 경계해야 한다.

아빠가 손목시계를 쳐다보며 말했다.

"자, 이제 갈 시간이야. 마도, 그럼 내일 집으로 갈게요. 10시까지."

마도 아줌마의 트윙고가 출발하자 늘 그랬던 것처럼 발랑틴이 뒤쪽 창문에 바짝 붙어 쳐다봤다. 나는 발랑틴의 찌푸린 얼굴이 사라질 때까지 기다렸다. 그리고 아빠를 끌고 아이스크림을 사러 가려고 했다. 화요일은 엄마가 아이스크림을 먹어도 된다고 허락한 날이기 때문이다. 이런 기회를 그냥 날려 버릴 수는 없었다.

하지만 아빠가 버티고 서서 따라오지 않는 바람에 나는 돌아서야 했다.

"아빠가 온다는 걸 네 엄마가 미리 말 안 해 줬어?"

나는 아빠가 엄마를 '네 엄마'라고 부르는 게 싫었다. 뭐라고 대답해야 할지도 몰라 망설이는데 아빠가 한 번 더 물었다. 문득 아침에 엄마와 나눈 대화가 생각났다. 화요일의 새로운 계획과 엄마의 조언에 대해서도.

"아, 들었는데 깜빡했어요."

우리는 버스 정류장으로 갔다. 학교에 겉옷을 놓고 왔는데 날씨가 꽤 쌀쌀했다. 좀 춥긴 했지만 괜찮았다. 아빠가 내 손을 잡았다. 아빠는 나한테서 눈을 떼지 않았다. 며칠 동안 면도도 하지 않은 것 같았다. 아빠가 사는 동네는 어디일까? 어떤 거리? 어떤 집?

아빠는 몇 주 전에 이사를 했다고 알려 주었다. 날 '아빠 집'에 데려갈 날에 맞춰 모든 준비를 마친 것 같았다. 아빠는 '우리 집'이라고 말하지 않고 '아빠 집'이라고 말했다. 그제야 아빠가 정말로 우리를 떠났다는 것이 실감됐다.

아빠가 거품 목욕 좋아하는 걸 알게 된 날

엄마는 낡은 돌멩이와 나무로 만들어진 엘리베이터, 오래되어 얼룩덜룩해진 거울, 골동품점이나 길거리에 널려 있는 물건들, 꽃병, 꽃, 밀랍 냄새를 좋아한다. 나는 아빠도 그런 걸 좋아하는 줄 알았다. 하지만 아니었다. 아빠 집은 엄마 집에서 세 정거장 떨어진 곳에 있는 커다란 현대식 건물이었다. 대리석으로 된 넓은 로비에는 어마어마하게 큰 식물들이 초록 잎을 반짝거리며 놓여 있었고 반짝반짝한 거울에 내 모습이 여러 개 비쳐 보였다.

아빠가 엘리베이터 버튼을 누르며 의기양양하게 말했다.

"아빠가 다 정리했어. 페인트칠도 거의 끝났고. 전자 제품들이 다 잘 작동되는지 확인도 했어."

엘리베이터 속도가 너무 빨라서 속이 울렁거렸다.

"아빠, 제 간식 잊으셨어요."

아빠는 당황한 표정으로 날 쳐다보았다. 그런 세세한 사실까지는 엄마에게 미리 듣지 못한 모양이었다.

"미안, 다시 내려가자. 로비에서 기다리고 있어. 아빠가 빨리 갔다 올게. 초콜릿 빵 괜찮지?"

"저 초콜릿 빵 안 먹은 지 오래 됐는데요."

"아, 그래? 왜?"

"지금 살과의 전쟁 중이거든요."

아빠가 크게 웃으며 되물었다.

"살과의 전쟁?"

"네. 비만은 심각한 문제고 전 비만의 희생자가 되고 싶지 않거든요."

"그래. 그럼 뭘 먹을래?"

"그냥 놔두세요. 저녁을 먹는 게 낫겠어요."

"정말?"

나는 아빠를 안심시키려고 그렇다고 대답했지만 아이스크림을 포기해야 하는 건 아쉬웠다. 아이스크림은 언제든 사먹을 수 있으니 나중에 먹으면 될 것이다.

아빠가 현관문을 열었다. 나는 낡은 벨벳 소파와 곳곳에 장식된 꽃, 아무 짝에도 쓸모없는 샹들리에, 진열대에 놓인 작은 동물 모양의 나무 조각, 벽에 걸린 약간 오래된 풍경화 등을 상상했다.

아빠의 집은 온통 새하얀 아파트였다. 아빠는 며칠 만에 잡지에 나오는 것처럼 부엌을 꾸며 놓았다. 그리고 거실에는 가죽 소파와 그에 어울리는 안락의자, 책장을 들여 놓았고 책을 잘 정돈해 놓았다. 식물이나 꽃은 커녕 꽃병조차 보이지 않았다. 흰 벽에는 아기 사진 몇 개 외에는 아무것도 걸려 있지 않았다. 아빠는 나의 올챙이 적이라고 말했다. 사진 속의 나는 발가벗은 채 꽁지 머리를 하고 있는, 볼이 통통한 어린 아기였다.

아빠가 낡은 엘피 레코드와 시디가 정리된 공간을 가리키며 말했다.

"스피커도 아주 좋은 걸로 샀어. 텔레비전도."

엄마는 신제품을 사느라 물건이 멀쩡한데도 버리는 것을 이해하지 못했다. 그 순간까지는 나도 엄마 의견에 동의했다. 하지만 커다랗고 납작한 최신형 텔레비전을 보자 갑자기 생각이 바뀌었다.

"포베리노를 데려오지 못한 게 아쉽네요. 정말 좋아했을 텐데."

아빠는 웃었다. 나는 아빠가 포베리노를 아빠 집에 데려와서 텔레비전을 보게 하고 새 소파에 발톱 자국을 내도 괜찮아 할지 생각해 보았다.

아빠는 내 이름을 가지고 노래 부르듯이 말했다.

"이리와. 나, 나오, 미, 나오미. 네 방 보여 줄게.

내 방도 다른 곳처럼 흰색이었다. 그리고 서랍이 달린 나무 침대와 꽃무늬 이불, 책상이 놓여 있었다. 전에 카탈로그에서 본 가구들이었다. 시험 평균 점수가 올라도, 아무리 졸라도 엄마는 사주지 않던 것들이었다.

나는 기뻐서 펄쩍 뛰었다. 그리고 아빠 볼에 입을 맞췄다. 아빠는 집 안 꾸미는 일에는 영 소질이 없는데도 나를 위해 가구를 직접 골랐다. 빙글빙글 돌아가는 의자도 있었다. 발랑틴이 봤다면 의자를 좋아했을 것이다. 아빠가 발랑틴을 초대해도 된다고 할까? 그건 물어볼 수가 없었다.

"이불은 엘렌 고모가 골랐어. 맘에 드니?"

"아주 맘에 들어요."

아빠는 서랍을 뒤적거리며 물었다.

"네 방 벽 말야, 그냥 흰색으로 두는 게 좋겠니?"

엄마 집에 있는 내 방은 푸른빛이 도는 녹색 벽인데 온통 꽃과 나비 스티커로 덮여 있다.

"색을 칠하면 좋을 것 같기는 한데 무슨 색이 좋을지는 모르겠어요."

아빠는 나에게 색 견본을 내밀었다. 다양한 색의 직사각형 이백 개가 있었다.

"자, 골라 봐."

내가 망설이자 아빠가 끼어들었다.

"분홍? 파랑? 노랑? 초록? 보라? 뭐든 원하는 걸로 골라 봐. 하지만 오늘 저녁까지는 결정해서 알려 줘야 해."

고를 수 있는 색깔이 많아서 좋았다. 엄마가 의견을 말해 주면 더 좋을 것 같았다. 아마 엄마라면 시간을 두고, 천천히, 시험 삼아 조금씩 칠해 봤을 것이다.

잠시 후, 아빠가 참지 못하고 물었다.

"어떤 거?"

나는 두 번째 페이지에 있는 첫 번째 직사각형인 노란색 계열의 색을 골랐다. 이불의 꽃무늬와 잘 어울릴 색깔이었다. 내 생각에는 그랬다.

아빠는 저녁으로 구운 닭고기와 무, 샐러드를 먹자고 했다. 그리고 커다란 냉장고에서 닭고기 작은 팩 몇 개와 비스킷, 마요네즈, 겨자를 꺼냈다. 식탁 위에는 생수병과 물컵을 놓았다. 샴페인 잔이 아닌 진짜 유리컵이었다.

"닭고기를 차갑게 먹어요?"

"싫어해?"

"아빠, 전 한 번도 닭고기를 차갑게 먹어 본 적 없어요. 그렇게 먹으면 죽은 동물 냄새가 나요. 그리고 전 무도 안 좋아해요. 하지만 프렌치드레싱이 있으면 샐러드는 먹을게요. 프렌치드레싱에는 올리브유랑 소금, 식초를 넣어 주세요."

아빠는 잘 모르는 사람을 보듯 당황한 얼굴로 나를 쳐다보았다.

"그럼 먼저 목욕하고 와. 그동안 아빠가 닭고기 데워 놓을게. 됐지? 천천히 해도 돼. 전화 통화할 데가 있거든."

"목욕이요? 욕조에서 해도 돼요?"

발랑틴은 욕조에서 목욕을 하지만 난 하지 않는다. 엄마는 탕욕보다 샤워를 더 좋아하기 때문이다. 엄마는 물속에 몸을 담그면 뇌가 무뎌지는 것 같다며 싫어했다. 그런데 아빠 집에서는 탕욕을 해도 된다니! 정말 좋았다.

욕조 옆에는 파란색 액체가 가득 들어 있는 병이 놓여 있었다. 나는 욕조 안에 파란색 액체를 잔뜩 쏟아 붓고 수도꼭

지를 끝까지 돌렸다. 내 방 색깔도 파란색으로 고를걸 그랬나 싶었다. 하지만 한편으로는 수족관에서 자는 기분이 들어 별로일 것 같기도 했다.

거품 가득한 욕조에 몸을 담그니 엄마 생각이 났다. 엄마는 어디 있을까? 뭘 하고 있을까? 나는 비누 거품을 호호 불면서 '깊은 숲 속으로'를 불렀다. 부르다 보니 어렸을 때 아빠가 늑대 울음소리를 흉내 내는 게 너무 무서워 엄마 품에 쏙 안겼던 기억이 났다. 또 간지럼을 태워 우리 셋 모두 자지러지게 웃던 기억도.

아빠가 잘 정돈된 현대식 아파트와 흰 벽, 최신형 텔레비전과 거품 목욕을 좋아하는 줄 몰랐다. 부모님이 떨어져 있으니 엄마 아빠 각자에 대해 훨씬 잘 알게 되는 것 같았다.

나는 따뜻한 물에서 나와 큰 수건을 몸에 둘렀다. 발가락에 자글자글하게 주름이 생겼다. 물속에 너무 오래 있었던 모양이다. 내 뇌도 저런 상태라면…… 으악!

아빠가 문밖에서 소리쳤다.

"나오미, 빨리 잠옷 입고 와!"

집 안에서 타는 냄새가 났다.

아빠는 내 침대 위에 곰 인형 그림이 그려진 잠옷과 나에게는 너무 큰 분홍색 털 슬리퍼를 올려놓았다. 이제 내 물건을 살 때는 내 의견을 먼저 물어봐 달라고 말해야겠다. 안 그러면 열여덟 살에도 나는 여전히 어린애 같은 옷만 입고 다녀야 할지도 모르니까.

부엌에서 욕설과 접시 달그락거리는 소리가 들렸다. 아빠가 요리를 망친 게 분명했다.

부엌으로 갔더니, 아빠는 풀리지 않는 수수께끼를 앞에 놓고 집중하는 듯한 얼굴로 새까맣게 탄 닭고기를 바라보고 있었다.

"오븐에 뭔가 문제가 있어."

"지켜보셨어요?"

"내 방에서 전화하고 있었어. 하지만 타이머도 맞춰 놨는걸? 이해가 안 가네."

"네 살짜리 어린애도 닭고기 데울 줄은 알걸요."

"그게 문제야. 내가 네 살짜리 어린애보다 못해."

날 웃기려고 그렇게 말하는 아빠 얼굴이 참 슬퍼 보였다.

나는 닭고기에서 타지 않은 부위의 살코기 세 입과 샐러드를 겨우 먹었다. 아빠는 디저트도 잊어버렸다. 이렇게만 먹으면 한 달도 되지 않아서 살이 쭉 빠질 것 같았다.

저녁 식사 후에 아빠는 인터넷에서 영화 한 편을 고르라고 했다. 나는 코미디 영화와 재난 영화, 액션 영화 몇십 편 중에서 이번에도 〈마틸다〉를 골랐다.

아빠가 물었다.

"이 영화는 벌써 봤잖아?"

"네. 일곱 살 때랑 여덟 살 때, 열 살 때도 봤죠."

"지겹지 않아?"

"아뇨."

"그래, 좋아."

아빠는 영화에는 관심이 없었다. 그냥 내 옆에 앉아 있고 싶어 했다.

아빠가 담요를 내밀며 말했다.

"날씨가 갑자기 쌀쌀해졌어."

아빠가 선을 연결하고 새 스피커를 확인하는 동안, 나는 아빠와 둘이 텔레비전 앞에서 함께 있던 순간을 떠올려 보았다. 예를 들면 어느 날 저녁, 엄마가 마도 아줌마와 극장에 갔을 때처럼. 하지만 아빠와 둘이서만 온전하게 함께 보낸 저녁 같은 건 기억나지 않았다. 엄마 아빠가 이혼하면 어떤 기억들은 되살아나고 또 어떤 기억들은 지워지는 걸까? 그건 발랑틴과 이야기해 봐야겠다. 아니다. 발랑틴과는 그런 이야기를 할 수 없다. 발랑틴은 아빠에 대한 기억이 전혀 없으니까. 이야기하지 않는 게 좋겠다.

마틸다가 마법으로 부모님을 골려 주는 장면을 보면서 아빠와 나는 깔깔대고 웃었다. 나는 기분이 좋아졌다. 마지막에 우리는 같이 영어 노래를 불렀다. 아빠는 내가 영어에 재능이 있다고 했다. 아빠의 노래 부르는 목소리는 마치 냄비에서 물이 끓는 소리 같았다. 노래가 끝나자 아빠는 내 머리를 쓰다듬었다.

나는 그런 행동이 싫었다. 그래서 아빠를 밀쳤다. 아주 세게. 일부러 그런 건 아니었다. 그러지 말걸 그랬나 보다.

나 때문에 다 망쳤다.

아빠는 커다란 텔레비전을 끄고 담요를 접은 다음, 쿠션을 정돈했다. 그리고 날 쳐다보지 않고 말했다.

"자, 이제 잘 시간이야."

난 아빠 말을 따랐다. 축제는 끝났다.

자기 전에 책은 읽지 않았다. 읽을 책도 없었다. 내 침대 머리맡의 책장은 아직 텅 비어 있었다. 나는 최대한 빨리 잠들어 머릿속에 어지럽게 떠오르는 생각들을 떨쳐 버리고 싶었다. 나는 발랑틴 생각을 했다. 아마 에스테르나 루카스와 전화 통화를 하고 있을 것이다. 엄마는 내가 없으니 마도 아줌마와 저녁 식사를 할 것이다. 아, 맞다! 레몬 타르트는? 냉장고에서 일요일부터 날 기다리고 있었으니 이미 다 물러 버렸을 것이다. 엄마가 벌써 버렸으려나. 이런저런 생각을 하니 울고 싶어졌다.

아빠는 내 방에 들어오지 않고 잘 자라고 인사했다. 방은 환하고 문 밖은 어두워 아빠 얼굴이 잘 보이지 않았다.

아빠가 잠긴 목소리로 덧붙여 말했다.

"내일 보자, 나오미."

아빠는 내가 화났다고 생각했는지 가까이 다가오지 않았다. 그래서 내가 아빠에게 팔을 벌렸다. 아빠는 몇 초 망설이더니 다가와서 날 꼭 끌어안았다.

"윽, 숨 막혀요, 아빠."

6월치고는 날씨가 꽤 쌀쌀했다. 창문을 열어 놓고 잘 수는 없었다. 내 방 창문은 길 쪽으로 나 있는데 이중창이어서 창문을 닫으니 아무 소리도 들리지 않았다. 오히려 너무나도 조용해서 잠이 오지 않았다. 아빠 집에서는 자동차 소리와 때때로 하늘을 날아가는 비행기 소리 같은 밤의 소음을 자장

가 삼아 잠들 수가 없었다. 포베리노라도 발치에 웅크리고 있다면 이렇게까지 조용하지는 않을 텐데.

나는 책상에 앉아 수학 공식에 집중하는 아빠의 모습을 떠올려 보았다. 아빠를 방해할 수는 없었다. 그리고 지금까지 일하는 아빠를 방해한 기억은 한 번도 없었다. 엄마가 못하게 했으니까.

아빠가 캠핑 싫어하는 걸 알게 된 날

여름 방학 때 벨일에서 아빠와 함께 2주를 보냈다. 아빠와 단둘이 함께 보낸 첫 휴가였다. 아빠는 7월에 편지를 여러 통 보내며 내가 빨리 오길 기다리고 있다고 했다. 아빠는 캠핑장에서 가까운 호텔에 방을 예약했다. 나는 캠핑장이 더 좋았지만 말이다.

첫날, 나는 해변에서 내 또래 애들을 만났다. 그 애들은 행복하게도 캠핑장에서 방학을 보내고 있었다. 이야기를 나눠 보니 괜찮은 애들 같았다. 특히 에르윈이라는 열여섯 살 오빠가 마음에 들었다. 에르윈 오빠는 타로 게임을 좋아하고, 나중에 선원이 되어서 세계 일주를 하고 싶다고 했다.

나는 혹시 내 말을 믿지 않으면 어떡하나 걱정하면서 나도 열여섯 살이라고 나이를 속였다. 하지만 괜한 걱정이었다. 내 키가 또래보다 커서 그런지 오빠는 내 말을 전혀 의심하지 않았다. 저녁에는 호텔 방에서 발랑틴에게 편지를 썼다. 춤을 잘 추지만 말 없는 루카스보다 훨씬 재미있는 파란 눈의 모험가를 만났다는 이야기를 썼다.

아빠는 캠핑장에서 만난 친구들이 괜찮은 애들이라고 생각하지 않았다. 그래서인지 아빠의 날 잘 돌보기 위한 계획에 아침부터 저녁까지 모르는 아이들과 어울리도록 내버려 두는 것은 포함되지 않았다.

아빠는 나에게 시킬 활동을 생각해 냈다. 정말 매 시간 단위로 빡빡하게 계획을 짰다. 나는 다른 일을 할 생각조차 할 수 없었다. 아빠는 그 계획대로 나를 악착같이 따라다녔다. 예를 들면 아침 식사를 마치자마자 자전거를 타라고 했다. 물론 아빠도 함께였다. 처음에는 괜찮았다. 나는 아무 문제 없이 아빠를 뒤따라갔다. 하지만 내리막길이 시작되자 브레이크가 고장 나서 벽에 부딪치면 어떡하나 겁이 났다. 그래서 오르막길이 더 좋았다. 경사가 너무 가파르면 자전거에서 내려 끌고 올라갔다.

다섯째 날, 아빠는 거의 서서 페달을 밟아 금세 언덕 꼭대기에 올라갔다. 한 손은 핸들에, 다른 손은 안장에 올려놓은 채 날 기다리고 있었다. 얼굴은 새빨개졌고, 머리는 엉클어지고, 표정은 피곤해 보였다. 거북이처럼 느려 터진 내가 못마땅한 것 같았다. 나는 자전거를 타는 게 산책이나 놀이가 아닌 힘든 스포츠처럼 느껴지자 재미가 없어졌다.

"나오미, 더 열심히 해야지."

"왜요?"

"뭐가 왜야?"

"왜 열심히 해야 하는데요?"

아빠는 실망한 눈치였다. 얼굴을 살짝 찌푸렸다. 하지만 내 기분을 상하게 하지 않으려고 금세 아무렇지 않은 표정으로 자전거를 대여점에 갖다 주었다. 내가 에르윈과 그 친구들을 다시 만날 수 있게 된 건 그 때문은 아니었다. 아빠에게는 또 다른 계획이 있었다.

비가 오는 바람에 우리는 호텔에 있어야 했다. 아빠는 텅빈 거실로 날 데리고 나왔다. 아빠는 내가 마지못해 발을 질질 끌며 나오는 모습을 못 본 척했다. 날 좀 내버려 두라고말할 용기는 나지 않았다. 그럼 아빠는 이제 내가 아빠를 좋아하지 않는다고 생각하고 일만 하거나 책만 읽을 것이다. 그건 안 된다. 아빠는 나에게 체스 게임을 가르쳐 주고 싶어

했다. 아빠는 날씨가 안 좋을 때 하려고 체스를 가져왔다며 은근슬쩍 말했다. 나는 체스 게임 같은 건 조금도 하고 싶지 않았지만 알겠다고 대답했다.

나는 아빠의 설명을 이해하기가 어려웠다. 아빠는 너무 빨리 설명했다. 하지만 나는 아빠의 기분을 상하게 하지 않으려고 그냥 다 이해했다고 대답했다. 결국 게임을 시작하니 규칙이 헷갈려서 아무렇게나 해 버렸다. 나는 체스 말 중에서 '나이트'를 어떻게 움직이는지 잊어버려서 잡아먹히고 말았다. 그렇게 한 시간 후, 아빠는 포기하고 말았다. 내가 너무 못해서였다. 나는 아빠가 체스 말 정리하는 걸 도와주지 않았다. 아마도 아빠는 몇 시간이고 고민해 가면서 폰과 비숍, 루크, 나이트의 위치를 바꾸고 왕을 보호하기 위해 퀸을 희생하기도 하며 나와 게임 할 생각으로 가져왔을 것이다.

"다음에 다시 해 보자."

"네, 아빠."

잠시 아빠는 아무 말도 하지 않았다. 나는 그사이에 에르윈 오빠 생각을 했다. 지금쯤 캠핑카에서 친구들과 깔깔거리며 웃고 있을 것이다.

텔레파시가 통했는지 아빠가 나에게 물었다.

"걔랑 놀고 싶니? 이름이 뭐였더라? 에르윈?"

"그 오빠는 캠핑카에서 지내요. 아빠도 캠핑카 좋아하잖아요."

"좋아하지. 하지만 캠핑은 별로야."

우리는 저녁 식사 시간까지 아무 말도 하지 않았다. 늘 먹는 것처럼 저녁에는 크레페를 먹었다. 마지막 한 입을 먹으면서 나는 거의 체념하게 되었다. 이제 에르윈 오빠도 만나지 못하고 타로 게임도 배우지 못할 것이다. 다시는 오빠네 캠핑카에서 오후 시간을 보낼 수 없을 것 같았다.

그런데 크레페를 다 먹고 나서 예상과 달리 아빠가 오후 5시부터 7시까지 하루에 두 시간씩 에르윈오빠와 친구들을 보러 가도 좋다고 했다. 대신 돌아올 때는 누군가가 호텔까지 데려다 줘야 한다는 조건을 내세웠다. 아빠는 그 시간 동안 일을 할 생각이었다. 써야 할 논문이 있었기 때문이다.

사흘 후, 우리는 성당을 방문했다. 아빠는 역사와 건축에 관한 설명을 들으라고 했다. 나는 설명을 듣고 아빠에게 궁금한 점을 물어보았다. 아빠는 항상 답을 안다. 엄마랑 함께였을 때, 아빠는 날 데리고 성당에 간 적이 없었다. 아빠는 늘 시간이 없었다. 해변으로 여행을 가도 하루에 삼십 분 정도 잠깐 얼굴만 비추는 게 다였다. 아, 어느 여름에 딱 한 번 나와 함께 모래성을 만든 적은 있었다. 모두 감탄할 정도의 걸작이었다. 그다음 날, 파도가 그런 건지, 질투한 아이들이 그런 건지 모래성이 무너진 것을 보고 나는 엉엉 울었다. 하지만 이제 모래성을 만들 나이는 지났다.

우리는 프랑스 보방의 성채에도 여러 번 방문했다. 곰팡이 낀 동굴 냄새가 나는 어느 커다란 공간에서 나는 아빠와 함께 "깊은 숲 속으로, 늑대가 없는 동안……." 하며 노래를 불렀다. 우리 목소리가 메아리쳐서 두 배, 세 배는 더 크게 울려 퍼졌다. 슬슬 무서워지기 시작했다. 아빠는 나에게 그런 현상과 소리의 속도, 초음파, 박쥐에 관해 설명했다. 나는 어두운 구석에서 박쥐 떼가 나타나 내 머리로 달려들까 봐 너무 겁이 났다. 그래서 아빠가 노래를 한 번 더 부르자는 건 거절했다. 기침이 나왔다. 나는 어서 밖으로 나가 신선한 공기를 마시고 싶었다.

벌써 5시였다. 에르윈 오빠에게 타로 게임을 배울 시간이었다. 에르윈 오빠는 세계 일주를 하다가 지겨워 지면 타로 게임 강사가 되면 될 것 같았다. 그만큼 설명을 아주 잘했다.

또 아빠와 나는 날씨에 상관없이 매일 수영을 했다. 바닷물이 얼음장처럼 차갑든 말든 상관없었다. 아빠는 물의 온도가 사람의 체온과 같은 36.5도라도 되는 것처럼 언제나 수영을 하고 싶어 했다. 나는 심장마비로 죽지 않으려고 아빠 뒤를 열심히 따라갔다. 그러다가 발에 미끌미끌한 해초라도 닿으면 소스라치게 놀랐다.

나는 저녁에 엄마에게 편지를 썼다. 마도 아줌마와 이탈리아 남부 어딘가에 있을 엄마가 부러웠다. 매일 새파랗고 투명한 바다에서 수영하고, 외출할 때마다 비옷을 챙겨 입지 않아도 되고, 아무 때나 먹고, 자고 싶을 때 자고, 햇볕이 쨍쨍 내리쬐는 해변에서 잡지를 읽으면서 몇 시간이고 뒹굴어도 되고, 친구와 이것저것 마음껏 수다도 떨 수 있으니.

나는 편지를 쓰다가 내가 쓴 내용을 다시 읽어 보았다. 엄마에게 보낼 수 없을 것 같았다. 그 편지를 받으면 엄마는 휴가를 포기하고 날 데리러 와서 아빠와 싸울 것이다. 그러면 엄마 아빠는 조금도 서로를 사랑하지 않게 될 것이다. 나는 편지를 찢어 버리고 다시 쓰기 시작했다. 그리고 엄마에게 쓴 것과 똑같이, 아니 거의 똑같은 편지를 툴롱 근처 어딘가의 할머니 집에 가 있는 발랑틴에게 썼다. 에르윈 오빠의 이야기도 썼는데 거의 온종일 함께 시간을 보내고, 아빠가 에르윈 오빠의 캠핑카에서 함께 자도 된다고 허락한 것처럼 지어냈다. 마지막에는 이렇게 썼다.

'나, 돼지가 순대로 변하기 직전에 내는 소리와 쥐가 죽기 전에 내는 소리 흉내 내는 법도 연습했어.'

휴가가 막바지에 이른 어느 날이었다. 오전 10시, 날씨는 우중충했고 비바람이 몰아쳤다.

아빠가 말했다.

"아빠가 다 알아봤어. 그냥 스쳐 가는 소나기야."

그때 해변을 가로질러 가는 친구들의 모습이 보였다.

나는 그 애들이 어디로 가는지 알았다. 수영장이었다. 제정신이 박힌 애들이었으니까. 얼어 죽고 싶지 않았던 것이다. 소독약 냄새가 나긴 해도 얼음장 같은 바닷물보다는 따뜻한 수영장으로 가는 것이 훨씬 나았다. 에르윈 오빠가 나에게 손짓하며 손목시계를 가리켰다. 오후에 만나기로 한 시간을 잊지 말라는 뜻이었다. 5시까지는 아직도 멀었다.

"저 애들이랑 같이 수영장으로 가는 게 어때요?"

"수영장에 가서 수영하려고 여기까지 온 줄 아니? 이깟 날씨 때문에 해수욕을 포기할 순 없지!"

물 온도 따위는 상관없다는 듯 아빠는 수영복 차림으로 성큼성큼 바다로 향했다. 그리고 아무 소리도 내지 않고 첨벙 뛰어들었다. 나도 아빠를 따라 했다. 하지만 나는 바로 소리를 질렀다. 공포와 분노 때문에. 아빠는 뒤돌아보지 않고 천천히 계속 걸어갔다. 그러면 내가 아빠를 따라갈 것이라고 생각하는 게 분명했다. 아빠는 밀려오는 파도 속으로 잠수해 들어갔다.

나는 모래사장으로 돌아갈 수도 있었다. 처음 이곳에 도착한 날 아빠가 준 점퍼를 걸치고 따뜻하게 기다릴 수도 있었다. 하지만 나는 그렇게 하지 않았다. 하고 싶었는데 참았다.

물속에 머리를 집어넣자 뇌가 얼어붙는 것 같았다. 나는 차가운 잿빛 물속에서 보잘것없는 실력으로 평영을 시작했다. 멀리 가진 못했다. 나는 수영을 그만두고 멈춰 섰다. 팔다리가 마비되어 꼼짝도 할 수 없었다. 3분 정도밖에 안되는 시간이었지만 아주 길게 느껴졌다. 아무 소리도 내지 못하고 이를 딱딱 부딪치며 서 있었다. 마침내 아빠가 돌아보더니 내 쪽으로 되돌아왔다. 아빠는 입술이 새파래져서 덜덜 떨고 있는 나를 보고 수영을 멈췄다. 나는 아빠를 안심시킬 수 없었다. 이가 점점 세게 부딪치며 딱딱 소리를 냈다. 아빠는 재빨리 팔을 휘저으며 나에게 다가왔다. 그러고는 날 번쩍 들어 올려서 모래사장으로 데려갔다.

"괜찮을 거야, 나오미. 괜찮을 거야. 왜 물속에서 꼼짝도 안 하고 있었던 거야? 움직여야지! 계속해서 움직여야지!"

아빠는 계속 소리 지르며 수건 두 장으로 날 감싸고 등을 아플 정도로 세게 문질러댔다. 아빠는 나한테 물어보지도 않고 내 점퍼를 입히고, 아빠 점퍼까지 어깨에 걸쳐 주었다. 잠시 후 조금씩 떨림이 잦아들고 체온이 정상으로 되돌아왔다.

"이제 좀 괜찮아?"

나는 아무 말도 하지 않았다. 해변에는 서핑 슈트를 입고 서핑하는 사람들 몇 명 말고는 인적이 드물었다. 아빠는 한숨을 내쉬고 내 옆, 차가운 모래 위에 앉았다.

"그래, 네가 이겼다. 수영장 말이야. 휴가가 끝날 때까지 매일 아침 수영장에 가도 좋아. 하지만 네 친구들 부모님이 어떤 사람들인지도 아직 모르잖아."

"전 그 애들을 잘 알아요. 아침에는 공놀이를 하고, 오후에는 가재를 잡고, 저녁에는 즐겁게 웃고 이야기하며 가재를 먹어요."

아빠는 그래도 믿지 못하겠다는 표정이었다. 게다가 아빠는 가재 잡이도, 공놀이도 하지 않았다.

그 후로 이틀 동안 아빠는 나를 볼 시간이 너무 적다고 불평했다. 아빠는 나를 식사 시간에만 겨우 본다고 생각하는 모양이었다. 하지만 나는 식사 시간 외에도 아빠를 볼 수 있었다.

친구들과 수영장에 가려고 해변을 가로질러 갈 때도 아빠가 보였다. 아빠는 나와 상관없이 산책하는 척하면서 계속해서 뒤를 돌아봤다. 그렇게 조금 걷다가 다시 뒤로 돌아가기를 반복했다. 수영장에서도 아빠를 볼 수 있었다. 아빠는 수영 코치처럼 뒷짐을 지고 걸어 다녔다.

그럴 때마다 나는 아빠를 못 본 척했다. 에르윈 오빠 때문이었다. 아빠가 말실수라도 해서 내가 열네 살밖에 안 된다는 걸 알게 되면 다시는 오빠랑 수영장도 함께 못 가고 5시부터 7시까지 캠핑카에서 타로 게임도 할 수 없을지 몰랐다. 오빠는 나에게 타로 게임 하는 법을 가르쳐 주었다. 타로가 체스보다 훨씬 재미있었다.

아빠는 빈정거리는 투로 말했다.

"타로는 운이 좌우하는 게임이야. 안 좋은 카드가 걸리면 게임에서 이길 수 없어. 하지만 체스에는 운 따위 없어. 상대와 같은 위치에서 게임을 하는 거지."

"전 운이 좋아요. 그건 기적과 비슷하니까요. 체스에서는 기적이 일어날 일이 없잖아요."

아빠는 아무 대답도 하지 않았다. 드문 일이었다.

벨일을 떠나기 전날, 아침부터 몸이 으슬으슬 떨리고 재채기가 났다. 하지만 아빠가 알아차리지 못하도록 괜찮은 척했다. 아빠가 알면 친구들을 만나러 가지 못하게 하고 종일 침대에 누워 있게 할 것이 뻔했기 때문이다. 에르윈 오빠와는 5시에 타로 게임을 하기로 되어 있었다. 전날 오빠는 몇 시간 동안 마지막으로 타로 게임 방법을 가르쳐 주고는 이제 진짜 게임을 해도 되겠다고 말했다. 무슨 일이 있어도 게임 할 기회를 놓칠 수는 없었다.

다행히 아빠는 내 상태에 대해 알아차리지 못했다. 아빠는 나에게 알려 줄 대단한 소식이 있다고 했다. 나는 그다지 대단한 소식일 거라고 기대하지는 않았다.

아빠는 무슨 대단한 승리를 거둔 것처럼 기뻐하며 말했다.

"개학하면 첫째 주부터 학교에 가지 않는 매주 수요일에 너하고 함께 지낼 거야. 우리 둘이서 하루 종일 함께 보내는 거지."

이날은 휴가의 마지막 날이었고 나는 약속 시간에 늦은 상태였다. 그래서 나는 "와! 정말 좋아요!"라고 대답하고 도망치듯 뛰어 나왔다.

캠핑카에 들어서자, 에르윈 오빠가 날 쏘아보았다. 어떻게 알았는지, 내가 열네 살이라는 걸 알고 있었다.

에르윈 오빠가 말했다.

"거짓말쟁이랑은 말 안 할 거야."

여태까지 날 거짓말쟁이 취급한 사람은 아무도 없었다. 열네 살이나 열여섯 살이나 그게 그거 아닌가? 나는 분노를 삼킨 채 아무 말도 하지 않았다. 나랑 얘기하고 싶지 않다면 할 수 없지 뭐.

오빠는 입을 꾹 다문 채 게임을 시작했다. 나는 열이 올라서 으슬으슬 춥고 몸이 떨렸지만 게임에 집중했다. 두 시간 동안 치열한 접전이 이어졌다. 에르윈 오빠가 이기기 직전이었고 나는 방어 패에 당할 위험한 상황이 되었다. 다시 말하면 모두에 대항해 혼자 싸워야 하는 상황이었다. 에르윈 오빠는 경기 중간에 여러 번 키득거리며 웃었다. 내가 질 거라고 믿는 눈치였다. 하지만 오빠는 나한테 타로 게임을 가르쳐 준 사람이 자신이라는 걸 잊고 있었다. 나는 카드를 세어 적의 카드를 알아맞히고 적을 공격할 전략을 세웠다. 그 결과 내가 나이는 두 살 어릴지 몰라도 게임에서는 보란 듯이 이겼다. 기적이었다. 나는 훌륭한 경기를 해냈다.

에르윈 오빠는 화를 냈다. 오빠의 친구들이 나에게 잘했다고 축하 인사를 건네고 내년 여름에 다시 만났으면 좋겠다고 하자 더 화를 냈다. 날 본체만체하며 자기 사촌에게 호텔까지 날 데려다 주라고 말했다. 열네 살짜리 여자애한테 진 게 그렇게 싫었나 보다. 생각한 것보다 훨씬 더 바보 같은 사람이었다. 남자들은 모두 이렇게 실망스러울까? 다음에는 발랑틴에게 이 이야기를 편지로 써야겠다.

아빠는 호텔 방에 들어온 날 보고는 집게 손가락으로 손목시계를 가리켰다. 10분이 늦었다고 나한테 화를 낼 참이었다. 나는 아빠와 다투고 싶지 않았다. 다리도 무겁고, 뇌는 물속에 오랫동안 푹 담가 놓은 것 같았다. 나는 침대에 누워 눈을 감았다.

아빠가 내 이마에 손을 대보더니 소리쳤다.

"불덩이잖아!"

엄마가 보고 싶었다. 마편초 차를 마시고, 레몬 타르트도 먹고, 포베리노가 긁어 놓은 소파에 누워 텔레비전으로 드라마를 보고, 발랑틴과 수다도 떨고 싶었다. 내가 조는 동안 아빠는 호텔 안내 데스크에 전화를 걸어 당장 의사를 불러 달라고 말했다. 그리고 나서 담요를 겹겹이 덮어 주었다.

"아빠, 됐어요. 그냥 감기예요."

아빠는 그렇게 생각하지 않는 것 같았다. 내 머리를 쓰다듬어 주는 아빠의 손길이 부드러웠다. 나는 아빠에게 사랑한다고 말하고 싶었지만 어느새 잠에 빠져들었다.

수요일이 빨리 끝나기를 바랐던 날

개학을 했다. 나는 매주 수요일에 더 이상 발랑틴을 만날수 없다는 사실을 받아들여야 했다. 엄마 아빠는 서로 헤어지면서도 나와는 조금도 떨어질 생각을 하지 않은 모양이다. 물론 주말에는 아빠를 만나지 않으니 발랑틴을 만날 수 있다. 화요일만 빼고는 매일 저녁 발랑틴과 통화도 할 수 있다. 하지만 이제 수요일은 전과 같지 않다.

발랑틴에게도 이 변화를 받아들이는 것은 쉬운 일이 아니었다. 두 살 때부터 수요일을 나와 함께 보내 왔으니 어찌 보면 당연한 일이다. 발랑틴은 가끔 에스테르나 루카스를 초대하기도 했다. 하지만 대부분은 혼자 지냈다. 발랑틴은 나보다 고독에 익숙했다.

9월과 10월이 지나갔다. 그동안 운이 좋게도 매일 날씨가 좋았다.

"여름 날씨가 꿀꿀하니까 가을 날씨는 좋을 거야."

루카스가 말했었다. 아마도 날씨를 예측하는데 재능이 있는 모양이다.

오래된 샹송을 무척 좋아하는 새로 온 르불 선생님은 날 많이 배려해 주었다. 선생님은 내가 아빠 집에 책을 놔두고 오거나 복습을 잘 안 해도 절대 화내는 법이 없었다. 선생님은 날 믿어 주고 내가 노래를 부를 수 있도록 응원해 주었다. 성적은 오르지 않았지만 너그러운 선생님 덕분에 마음은 편안했다.

11월이 되자 날씨가 추워지기 시작했다.

늘 그랬듯 어느 화요일 4시처럼 신경이 날카로웠다. 오늘은 평소보다 유난히 더 그랬다. 날씨가 너무 추워 히터를 빵빵하게 틀어 놓은 바람에 교실이 후끈후끈해서 수영복을 입어도 될 정도였다. 그런데 두꺼운 스웨터를 입은 터라 땀이 났다.

마지막 몇 분 동안은 다들 수업을 듣거나 작문을 하거나 그림을 그렸지만 앉아 있기 힘들어했다. 모두가 쉬는 날인 수요일을 기다렸고 우리에게 수요일은 화요일 수업이 끝나는 오후 4시 30분부터 시작이었다.

내 옆에 앉은 발랑틴이 가방을 챙기기 시작했다. 종이가 구겨질 정도로 아무렇게나 파일을 덮고 책가방에서 다 부서진 비스킷을 꺼내 먹다가 손가락에 잼이 묻자 짜증을 냈다. 하지만 손을 닦을 새도 없이 벨이 울렸다. 곧이어 르뷸 선생님이 입구가 혼잡해지는 것을 막으려고 교실 문을 가로막고 섰다.

발랑틴이 나에게 물었다.

"오늘 저녁에 인터넷에서 만나는 거지?"

몇 초 동안 발랑틴이 너무 미웠다.

"알잖아. 화요일 저녁엔 인터넷에 접속 못해."

"아, 미안. 그럼 내일 저녁! 나오미, 알았지?"

발랑틴이 밖으로 나가며 말했다.

나는 예전처럼 발랑틴과 함께 뛰쳐나가면 엄마와 마도 아줌마가 이야기하며 우리를 기다리고 있길 바랐다.

교실 문 앞에서 루카스가 기다리고 있었다. 계단을 함께 내려가는 몇 분 동안이라도 나와 이야기를 나누고 싶어 하는 눈치였다. 하지만 나는 그렇게 날 기다리는 루카스를 보면서 꼼짝도 하지 않았다. 르뷸 선생님은 무질서한 아이들을 지도하느라 애쓰고 있었다. 아이들을 존중하며 침착하고 예의 바르게. 하지만 아무도 진정하거나 선생님 말을 듣지 않았다.

나는 교실에 마지막까지 남아 있었다. 르불 선생님이 나에게 말했다.

"화요일이야, 나오미."

선생님은 내가 빨리 나가길 바라며 말했다. 선생님들도 화요일 4시 30분을 좋아하기는 마찬가지였다.

교문은 음울한 겨울의 끝자락을 향해 활짝 열려 있었다.

학부모 몇 명이 모여 이야기를 나누던 가운데 한 엄마가 르불 선생님은 너무 친절하기만 하고 엄격하지 않다며 '괴짜 선생님'이라고 했다. 선생님이 우리에게 파이프 담배를 피우는 나이 든 털보 가수 '조르주 브라상'의 노래를 가르쳐 주기 때문이기도 했다. 엄마들은 참 고약한 사람들이다. 르불 선생님과 노래할 때 우리가 얼마나 즐거워하는지 알지도 못하면서.

아빠가 벤치에 앉아 있었다.

아빠는 날 보더니 두 팔을 벌리고 내가 재난 현장에서 살아 나온 마지막 생존자라도 되는 양 활짝 미소 지었다. 나도 아빠에게 미소 지었다. 아빠를 보니 기쁘기도 했지만 내가 웃지 않으면 아빠 기분이 상할 것 같았다. 아빠의 기분을 상하게 하고 싶진 않았다.

아빠가 노래를 부르듯 말했다.

"정말 보고 싶었어, 나, 나오, 미, 나오미……."

어떤 아줌마가 킥킥거리며 웃었다. 비둘기가 구구거리는 소리 같았다. 아빠는 비둘기를 '역겨운 새'라고 했다. 엄마는 '백해무익한 새'라고 했다.

"아빠, 내 이름 좀 그렇게 부르지 마세요!"

아빠는 내 기분이 안 좋을 때 늘 그렇듯이 심각한 표정을 지었다. 그리고 다시는 노래하듯 부르지 않겠다고 약속했다. 하지만 아빠는 며칠 못 가서 다시 또 날 그렇게 부를 것이 분명하다. 자신도 모르게 말이다.

아빠 집으로 가는 길에 아빠는 아무 말도 하지 않았다.

개학을 하고부터 아빠는 내 학교 일정을 전부 꿰고 있었다. 어느 단원을 배우는지, 어떤 쪽지 시험을 보는지까지도. 아빠가 우리 교실에 몰래카메라를 설치해 놓고 보는 것 같았다. 나는 아빠의 질문에 네, 아니오로만 대답했다. 학교 이야기는 그만하고 싶었다. 적어도 화요일 저녁에는.

만원 버스에서도 아빠는 나에게서 눈을 떼지 않았다. 그러다 갑자기 입을 열었다.

"나오미, 모자랑 목도리 벗어. 땀 흘리고 추운 데 나가면 감기 걸려."

"괜찮아요, 아빠. 두 정거장만 가면 내리는데요, 뭐."

나는 이를 악물고 말했다.

"점퍼도 벗어. 땀 나잖아."

"이거 점퍼 아니에요. 카디건이에요."

내가 눈살을 찌푸렸다.

아빠의 눈빛에서 양보하지 않겠다는 뜻을 읽을 수 있었다. 나는 다른 승객들은 아랑곳없이 카디건을 벗었다. 사람들이 불평했지만 사과도 하지 않았다. 나 대신 아빠가 사과했다. 우리는 집에 도착할 때까지 아무 말도 하지 않았다.

침대 위에 배낭을 던져 놓고 누워서 흰 천장만 뚫어져라 쳐다보았다. 벽에 칠한 노란색이 너무 튀지 않도록 천장은 흰색으로 남겨 두었다. 형광 노란색에 가까운 벽 색은 수영장의 소독약처럼 자극적이었다. 다른 색을 고를 걸 그랬다.

아빠가 내 방문을 두드린 후, 조금 있다가 열었다. 걱정하는 표정을 짓고 있었다. 아빠는 내가 아무것도 하지 않고 가만히 있는 걸 싫어했다. 내가 지루할 것이라고 생각했기 때문이다. 아빠는 지루한 것이 심각한 문제라고 생각했다.

"아빠가 야채수프 만들어 놨어. 먹어 보면 깜짝 놀랄걸! 좀 전에 오븐에 로스트비프도 넣어 놨어. 프렌치프라이도 먹을래?"

"네."

"아프리카 공주님은 어떻게 지내?"

아빠는 발랑틴을 좋아했다. 발랑틴이 재미있는 아이라고 생각했다. 문득 나는 요 몇 달 동안 발랑틴과 대화, 그러니까 '진짜' 대화를 나눠 보지 못한 것 같다는 생각이 들었다. 아니, 어쩌면 몇 년 동안.

"친구들하고 컴퓨터로 대화하고 있을걸요? 저도 오늘 아빠 컴퓨터로 인터넷 사용해도 돼요? 엄마는 허락했는데."

아빠 얼굴에서 미소가 사라졌다. 아빠는 나에게 다시 규칙을 설명했다. 아빠와 함께 지내는 화요일만큼은 인터넷을 사용하지 않기로 한 규칙. 엄마 집에서도 인터넷은 저녁 식사 후에 삼십 분 동안만 사용할 수 있었다. 내가 흰 천장만 뚫어져라 쳐다보는 동안 아빠는 요즘 아이들의 인터넷 중독이 얼마나 심각한 문제인지 설교를 늘어놓기 시작했다.

"매일 친구들하고 네 시간씩 이야기하잖아. 하루 저녁이라도 좀 참아 봐."

나는 침대에 일어나 앉으며 말했다.

"아빠가 어떻게 알고 그렇게 말해요?"

아빠는 잠시 생각에 잠겼다가 한숨을 내쉬며 말했다.

"그렇게 좀 할 수 없니? 우리 단둘이 보내는 일주일에 하루 저녁만이라도?"

무슨 대답을 할 수 있을까? 나는 아무 대답도 할 수 없었다. 그래서 그냥 입을 다물어 버렸다.

아빠는 오른손에 든 칼을 생전 처음 보는 물건인 것처럼 쳐다보다가 나를 향해 내밀었다. 모르는 사람이 그랬다면 겁이 났을 것이다.

"감자 껍질 벗기는 것 좀 도와줄래?"

나는 마지못해 아빠를 따라 부엌으로 갔다.

아빠는 요리책 몇 권을 샀다. 매주 화요일 저녁, 아빠는 요리에 집착했다. 날 위해서. 내가 안전하고 균형적인 영양 섭취를 할 수 있도록. 내가 살과 전쟁하는 것을 도와주려고. 아빠는 샐러드에 넣을 채소를 씻고 당근 껍질을 벗겼다. 아빠는 한 달에 한 번 프렌치프라이를 만들어 주었다. 기름 한 숟가락만 넣어도 되는 특수 튀김기를 이용했다.

감자 껍질을 다 벗겼는데도 아직 7시밖에 되지 않았다. 아빠는 노트북을 켜 받은 메일을 확인하고 답장을 보냈다. 나는 가방에 있던 파일을 펼쳤다.

"지금 읽는 거 재미있니?"

"아주 재밌어요."

"시? 수학 공식? 맞춤법?"

"아뇨."

"그럼 뭔데?"

"학생 교육 지침이요."

"뭐?"

아빠는 웃음을 터뜨렸다. 나는 아빠에게 한 문장을 읽어 주었다.

"학생들은 책임 있고 자율적인 행동을 배워야 한다."

아빠가 물었다.

"자율적이라는 단어가 무슨 뜻인 줄 알아?"

나는 '자율적(autonomous)'처럼 'auto'가 들어간 단어들, 자동화(automate), 자동차(automobile), 고속도로(autoroute), 원주민(autochthon) 같은 단어를 떠올려 보았다. 나는 원주민이라는 단어가 참 좋았다. 지난주에 엄마가 원주민의 뜻을 가르쳐 주었다. 하지만 이건 자율적이라는 단어와는 아무 관련도 없는 것 같았다. 어쨌든 아빠 앞에서는 항상 틀릴까 봐 겁이 났다. 그래서 나는 아무 대답도 하지 않았다.

아빠가 말했다.

"르블 선생님이 아이들에게 장애물 뛰어넘을 준비를 안 시켜 주는 모양이구나."

우리가 장애물 뛰어넘을 준비를 해야 하나? 내가 경주마인 줄은 몰랐는데.

"아빠, 오븐 예열해야 해요. 로스트비프는 뜨거워진 오븐에 넣어야 해요."

고기가 익는 동안 나는 거품 목욕을 하러 갔다. 나는 최대한 오래 욕조에 있고 싶었다. 하지만 그럴 수 없었다. 오븐 속의 로스트비프는 나의 목욕 시간을 기다려 주지 않기 때문이다.

식탁에서 아빠는 혼자 말하다가 가끔은 입을 다물고 있기도 했다. 나는 아무 말도 하지 않았다. 가끔 왜 이렇게 아빠가 어렵게 느껴지는 걸까?

나는 저녁을 많이 먹었다. 수프가 짜긴 했지만 로스트비프도 맛있었고, 프렌치프라이도 굉장했다. 나는 아빠에게 축하 인사를 했다. 아빠의 요리 솜씨가 많이 좋아졌다고 인정할 수밖에 없었다. 식사를 마치고 나서는 뒷정리를 도왔다. 시간이 꽤 걸렸다. 아빠가 요리할 때는 부엌이 엉망진창이 되기 때문이다.

한밤중에 나는 잠에서 깼다. 발랑틴이 꿈에 나왔다. 우리는 에이미 와인하우스의 노래에 맞춰 춤을 추고 있었다. 아빠 때문에 이젠 수요일에 발랑틴을 볼 수 없게 되었다. 아빠 때문에 가장 친한 친구를 잃을지도 몰랐다.

수요일이 빨리 끝나기를 바랐던 날

수요일 아침, 창밖으로 보이는 날씨는 흐릿했다. 나는 불을 켰다가 노란 형광등 불빛 때문에 순간적으로 눈을 감았다, 그리고 다시 불을 껐다. 어둠 속에서 속삭이는 듯한 소리가 들렸다. 아빠가 듣는 라디오 뉴스였다.

나는 소리를 내지 않고 주방 쪽으로 갔다.

아빠는 벌써 옷을 입고 커피메이커를 들여다보며 씩씩거리고 있었다. 필터 넣는 것을 잊어서 커피를 망쳐 버린 것이다. 라디오에서는 네 살짜리 어린아이가 숲 속에서 행방불명된 지 26시간이 지났다는 소식을 전하고 있었다. 그리고 나서 축구 경기 결과를 알려 주었다. 프랑스가 결승전에 진출했다.

날씨는 여전히 안 좋았다. 아빠가 커피를 따랐다. 이번에는 성공이었다. 아빠는 만족스러운 듯 한숨을 길게 내쉬면서

의자에 앉았다. 그러더니 휘발유 가격이 인상된다는 소식에 투덜거렸다. 나는 라디오를 듣거나 커피를 망치는 아빠의 모습이 좋았다. 날 그냥 내버려 둘 때 아빠의 모습이 제일 좋다.

9시 뉴스의 끝을 알리는 음악이 나왔다.

"아빠, 안녕히 주무셨어요? 지금 일어났어요."

"잘 잤니? 앉아. 오렌지 주스 만들어 줄게."

아빠는 라디오를 끄고, 토스터를 켜고, 냄비에 불을 켰다. 그리고 2분 동안은 믹서 돌아가는 소리 때문에 대화를 나눌 수 없었다.

아빠는 아침 식사 시간에 말을 별로 많이 하지 않는다. 참 다행이다. 나도 아침에는 할 말이 없으니까.

아빠가 말했다.

"자, 어서 준비하고 가자."

지난여름에 아빠가 본 대로 나는 수영장을 정말 좋아했다. 아빠는 매주 수요일 아침에 함께 수영장에 가자고 했다. 나는 바로 그러자고 대답했다. 아빠와 함께 수영장에 가면 재미있을 것 같았다. 하지만 아빠는 수영장에 놀러 가자는 게 아니었다. 바다도, 다른 곳도 아빠에게 그저 놀러 가는 곳은 없었다.

아빠는 자유형이 수영의 기본이라고 했다. 그리고 나한테 자유형을 가르치기로 결심했다. 어떻게 해야 거절할 수 있을까? 바쁜 가운데 시간을 내어 나에게 자유형을 가르쳐 주겠다는 아빠가 있는 걸 고마워해야 하나?

하지만 10주가 지나도 내 실력은 그다지 나아지지 않았다. 나는 물속에 머리를 넣지 않아도 되는 평영이 더 좋았다. 그리고 점점 수영장이 싫어지기 시작했다.

아빠가 내 수영 가방을 확인하면서 물었다.

"준비 됐니?"

카운터 앞에는 벌써 사람이 많았다. 나는 아빠의 지시를 기다리지 않고 카디건을 벗었다. 온실에 들어온 것처럼 습하고 더웠다.

아빠가 열쇠를 주면서 말했다.

"나오미, 이따 봐."

나는 천천히 사물함을 찾아서 옷을 벗어 넣고 미끄러운 타일 바닥 위를 조심조심 걸어가 미지근한 물로 샤워했다. 그러고 나서 커다란 풀장 앞에서 아빠를 만났다. 검은색 수영복을 입은 아빠를 보니 약간 민망했다. 나는 아빠가 사 준 빨간색 수영복을 입었다. 아빠는 나한테 물어보지도 않고 스포츠용품 매장에서 내 수영복을 사왔다. 물에 들어가기 전 수영 모자를 썼다. 그것도 정말 싫었다.

나는 물속으로 풍덩 뛰어들었다. 아빠는 완벽한 자세로 다이빙을 했다가 머리를 물 위로 내밀고 내 옆으로 다가왔다. 그러더니 팔과 머리, 다리, 발동작을 설명했다. 아빠는 특히 호흡을 강조했다. 그러고 나서 나한테 물속에 머리를 넣으라고 했다.

나는 끝까지 두 번이나 왔다 갔다 했다. 그만하고 싶었다. 하지만 아빠는 리듬이 깨지면 안 된다며 계속하라고 했다. 나는 다시 시작했다가 물을 먹고 뱉어 냈다. 그 순간 머릿속에 바글거리는 미생물의 모습이 떠올랐다. 내가 삼켰을 살아 있는 기생충도. 예전에 르불 선생님이 "기생충도 수영할 줄 안단다."라고 말해 준 적이 있었기 때문이다.

아빠가 박수를 치며 소리쳤다.

"내쉬고, 들이마시고. 다시."

"아빠, 이제 정말 힘들어요."

다섯 번을 왔다 갔다 했더니 숨이 찼다. 아빠는 방수 손목시계를 들여다보았다. 나는 그사이에 머리를 너무 꽉 조이는 수영 모자를 벗어 수영장 가장자리에 올려놓았다.

"자, 나오미, 아빠랑 한 번만 더 해 보자. 호흡을 잘 해야 해. 너무 빨리 가려고만 하지 말고 꾸준히, 속도를 유지하는 게 중요해."

아빠는 내 속도에 맞춰 나와 나란히 수영하려고 애썼다. 정말 징글징글했다. 나는 더 빨리 움직였다. 숨을 내쉬는 것도 잊고. 최대한 빨리 반대편 물 밖으로 나가 샤워하고, 몸을 말리고, 옷을 입고 이 지옥 같은 곳에서 빠져나가고 싶었다. 폐가 터질 것 같았다. 물도 계속 삼켰다. 그것도 아주 많이. 질식할 것 같았다. 더 이상 숨을 쉴 수가 없었다. 어깨에 아빠의 손길이 느껴졌다. 아빠는 바로 내 옆에 있었다. 그러면서 아무것도 하지 않았다. 아직도 호흡이 돌아오지 않았다. 아빠의 목소리는 이상하리만큼 침착했다.

"괜찮아. 괜찮아. 숨 천천히 쉬어 봐. 아빠처럼. 천천히."

2분 후, 악몽이 끝났다.

호흡하는 것도 잊고 그렇게 빨리 가면 안 된다고 아빠가 잔소리할 줄 알았는데 내 이마에 뽀뽀해 주었다. 아빠는 내 실력이 많이 나아졌다며 내가 자랑스럽다고 했다. 나는 수영 모자를 집어 들고 물 밖으로 나왔다.

버스 정류장에 서 있으니 차가운 공기가 피부를 자극했다. 얼굴, 귀, 손, 다리 전부. 엄마 집으로 돌아가서 담요를 덮고 포베리노의 야옹거리는 소리를 듣고 싶었다. 하지만 아직 정오밖에 되지 않았다.

아빠는 얇은 점퍼만 입고 있었다. 젖은 머리는 이마에 찰싹 달라붙어 있고 머리카락 두 가닥만 삐죽 나와 있었다.

"아빠 안 추워요?"

아빠는 손을 비비며 거짓말을 했다.

"응. 넌? 이런, 머리가 다 젖었잖아! 아까 수영할 때 수영 모자 안 썼어? 아니면, 샤워하고 말리지 않은 거야?"

아빠는 내가 수영할 때 수영 모자를 벗어 놓고 다시 쓰지 않은 것도 몰랐던 모양이다. 아빠는 늘 그랬다. 한 가지에 집중하면 다른 것은 보이지도, 들리지도 않았다.

"모자 쓸게. 아빠 걱정은 마."

놀라운 일이었다. 아빠가 고집을 부리지 않다니. 지금 아빠의 관심은 다른 곳에 있었다. 8분 전에 와야 할 버스가 오지 않고 있었다. 아빠는 일이 지체되거나 예기치 않은 일이 일어나 계획이 변경되는 걸 참지 못했다. 아빠는 파리도로공

사와 통행량, 자동차 운전자들을 맹렬히 비난했다. 그러다가 어느 순간 버스를 기다리는 것보다 중요한 일이 있다는 사실을 깨달은 것처럼 갑자기 잠잠해졌다.

두 여자가 버스를 기다리며 벤치에 앉아 있다가 일어섰고, 나는 그 자리에 앉았다. 아빠도 내 옆으로 와서 앉았다. 그리고 말했다.

"그래, 좋아. 기다리지 뭐."

내가 아무 말도 하지 않자, 아빠가 계속해서 말했다.

"저녁엔 새로운 요리를 할 거야. 신선한 생선으로. 너한테도 그게 좋겠지. 참, 생선은 먹니?"

나는 한숨을 내쉬었다. 내가 신선한 생선을 먹든 안 먹든 그게 뭐가 중요하담?

"네가 도와줘. 요리책에 난이도를 나타내는 별이 하나밖에 안 붙은 걸 보면 어렵지 않을 거야."

"좋아요."

아빠는 3초 동안 입을 다물었다가 다시 말했다.

"파피요트에 싼 생선 요리를 만들어 보자. 근데 너 파피요트가 뭔 줄 아니?"

발랑틴이 여기 없는 것이 아쉬웠다. 머리카락 두 가닥이 삐져나온 아빠가 진지한 표정으로 이런 질문을 하는 모습이 얼마나 웃긴지 발랑틴이라면 금세 공감할 것이다. 아빠가 파피요트가 뭔지 모르다니 기분이 좋았다. 아빠에게 설명해 줄 단어가 생긴 것도 좋았다.

"파피, 파피유, 파피용?"

아빠는 웃음을 터뜨렸다. 나도 아빠를 따라 웃었다.

아빠가 다시 물었다.

"파피요트? 이게 뭐니?"

"은박지로 싼 초콜릿 캐러멜 기억 안 나요? 파피요트 초콜릿. 크리스마스에 엘렌 고모네서 먹어 봤잖아요."

"생선 요리법이 그게 다야?"

"생선을 초콜릿 캐러멜로 감싸다니, 생선 요리법치고는 정말 역겨운 것 같아요."

아빠가 크게 웃었다. 아빠는 내가 똑똑하다고 생각한 모양이다. 하지만 때로는 아빠가 날 멍청하다고 생각하는 게 더 나을 것 같기도 하다. 그러면 아빠 질문에 틀리게 대답하는 걸 덜 겁낼 테니까.

"생선에 레몬즙과 오일 약간을 뿌리고 은박지로 싸기만 하면 돼요. 불에 직접 닿지 않도록 싸서 익히는 거예요."

버스를 기다리던 한 여자가 씩 웃으며 설명해 주었다.

얼굴이 예뻤다. 좀 많이. 구두 굽이 적어도 20센티미터는 되어 보였다. 거인이 아빠 위로 몸을 숙이고 있는 것 같았다. 그런데 이 거인은 갑자기 왜 끼어든 거지?

아빠와 둘이 버스 정류장이나 슈퍼마켓 계산대, 학교 앞이나 박물관에 있으면 아빠한테 미소 짓는 여자들이 항상 있었다. 하지만 디저트로 머랭을 얹은 레몬 타르트를 만들어 주겠다는 엄마의 말을 듣고 엄마한테 미소 짓는 사람은 아무도 없었다. 그게 은박지로 생선을 감싸는 것보다 훨씬 어려운데도······.

다행히 아빠는 거인의 충고 따위는 무시했다. 아빠는 그냥 고맙다고만 말했다. 그건 우리의 생선 요리법에 관심 갖지 말고 당신 일이나 신경 쓰라는 뜻이었다.

아빠는 집에 은박지가 있는지도 확실히 알지 못했고 불에 직접 굽지 않는다는 게 무슨 뜻인지도 잘 몰랐다. 난 알고 있었지만 아무것도 모르는 척했다. 나는 네모나게 자른 냉동 생선을 프라이팬에 노릇하게 굽는 것이 더 좋았기 때문이다.

마침내 버스가 도착했다. 나는 30분 전부터 버스를 기다려 온 사람들을 헤치고 버스 문을 향해 다가갔다. 그런데 뒤에서 누가 날 잡아끌었다.

아빠였다.

"일식당 어때? 좋은 생각이지? 회는 괜찮잖아. 기름기도 없고, 설탕도, 색소도 없고."

"일본 생선은 방사능에 오염됐을걸요? 게다가 일식당들은 안전상의 이유로 문을 닫았을 거예요."

아빠가 깜짝 놀란 얼굴로 날 쳐다보았다.

"어디서 들었어?"

문을 닫았을 거라는 건 거짓말이었지만 뭐, 상관없었다. 게다가 사실일지도 모를 일이었다.

"텔레비전에서도 듣고 르불 선생님한테서도요."

놀랍게도 아빠는 내 말을 믿는 것 같았다. 아빠는 멀어져 가는 버스를 아쉬운 눈빛으로 바라보았다.

"맥도날드는 어떨까? 여기서 아주 가깝잖아. 딱 한 번만! 어떻게 생각해?"

나는 깜짝 놀랐다. 9월 이후로 아빠는 나에게 신선한 시금 치와 하나하나 껍질을 벗긴 강낭콩 같은 야채를 먹이려고 안달이 나 있었다. 수프도, 과일 조림도 꼭 직접 만들어 주었다. 아빠는 맥도날드에서 매일 햄버거를 먹으면 분명히 비만이 될 것이라고 말했다. 아빠가 이 생각을 바꾸기 전에 무슨 말이든 해야 했다.

"오늘만 예외예요, 아빠."

내가 이겼다. 아빠는 내 답변이 마음에 든 모양이었다. 훌륭한 답변이라며 웃었다.

맥도날드 앞 벤치에서 연인이 입을 맞추고 있었다. 그 모습을 보니 왠지 모르게 슬퍼졌다.

아빠는 빅맥을 두 개째 먹고 있다. 프렌치프라이는 한참 전에 다 먹었고 마요네즈 소스도 다섯 봉지나 먹었다.

아빠 휴대전화가 세 번이나 울렸지만 아빠는 나와 보내는 시간에 방해가 될까 싶었는지 전화를 받지 않았다. 아빠가 햄버거를 베어 물고서 이제 뭘 하고 싶냐고 물었다. 나는 서둘러 대답했다.

"지난주랑 똑같이요."

아빠는 날 꾸짖는 대신 한숨을 내쉬었다. 나는 아빠에게 내 프렌치프라이를 건넸다.

나중에 아빠는 음식을 다 먹고 쟁반에 남은 쓰레기를 휴지통에 버리며 말했다.

"수영을 더 해야 할 것 같지 않니?"

맥도날드에서 나와서 아빠가 깜짝 소식이 있다고 말했다. 인형 박물관에 가자는 거였다. 나는 벌써 열네 살이고, 인형을 한 번도 좋아해 본 적이 없지만 밝은 목소리로 말했다.

"네, 아빠. 정말 좋아요!"

먼지 냄새 나는 어두운 전시실에는 인형 오백 개가 갇혀 있었다. 오래되고 슬퍼 보이는 몇몇 인형이 유리 눈으로 날 쳐다보고 있었다. 다른 인형들은 상자 속에 들어가 미라처럼 얌전히 앉아 있었다. 아빠도 끔찍하다고 생각한 모양이었다. 아빠는 지루해하며 다른 생각을 하고 계속해서 휴대전화를 들여다보았다. 하지만 나와 눈이 마주칠 때면 미소를 지으며 인형들에게 관심 있는 척했다. 아이들의 품에 안기지 못하고 버려진 움직임 없는 인형들을.

3시에 우리는 집으로 돌아왔다. 숙제도 없겠다, 나는 침대에 쓰러지듯이 누웠다. 아빠는 서재에서 통화를 했다. 르불 선생님은 수요일은 푹 쉬라고 있는 거라며 숙제를 내 주지 않았다. 숙제가 없는 게 왠지 아쉬운 날이었다.

5분쯤 후, 아빠가 물었다.

"글자 맞추기 게임 할래?"

"아니요. 저 너무 피곤해요."

아빠가 큰 소리로 말했다.

"수요일 오후에 노래나 춤, 기타 연주를 배우는 건 어떨까? 시간도 있고. 4시에서 5시 사이에. 아빠도 기타 연주하는 거 좋아했는데."

나는 이를 악 물었다. 숨을 들이마시고 다시 내쉬었다.

"처음 듣는 얘기네요."

"악기 배우는 거 재미있지 않니?"

"음……."

"어떤 악기?"

아빠한테는 항상 대답을 해야 했다. 입을 다물고 있으면 아빠가 결정해 버릴 것이었다. 나는 엄마와 최근에 본 영화를 떠올렸다. 세상에서 가장 우스꽝스러운 영화였다. 그 영화에 나온 악기가 떠올랐다.

"우쿨렐레."

아빠는 수영장 소독약 때문에 충혈된 눈을 깜빡거렸다.

"우쿨렐레?"

"작은 기타에요. 아주 작은 거. 장난감처럼요. 뭐 인형을 위한 기타라고 해도 좋을 거예요. 하지만 아빠는 그거 연주 못할 걸요. 저도 마찬가지고, 다른 사람도."

"왜?"

"그건 마릴린 먼로만 연주할 수 있거든요."

아빠는 웃음을 터뜨렸지만 나에게 이유를 물어볼 시간은 없었다. 다시 아빠 휴대전화의 벨이 울렸기 때문이다.

아, 살았다.

3시 30분, 나는 거실로 나갔다. 아빠와 나는 두 시간 동안 이리저리 채널을 돌리면서 텔레비전을 보았다. 아빠는 휴대 전화도 꺼 놓고 멍하니 텔레비전만 보았다. 아빠도 지쳐 있 었다. 더 이상 날 돌볼 힘이 없는 듯했다. 그 증거로 아빠는 어느새 잠이 들었다.

잠시 후 나는 갈 시간이 되어 아빠를 깨웠다. 아빠는 잊은 물건이 없는지 확인하고 나에게 카디건에 붙어 있는 모자를 쓰라고 했다.

"털모자가 훨씬 따뜻할 텐데."

"털모자를 쓰느니 폐렴에 걸리는 게 낫겠어요."

아빠는 내 말이 재미있다고 생각하지 않은 모양이었다.

밖은 깜깜했다. 이번에도 버스를 기다리다가 만원 버스에

올랐다. 버스 안은 후끈거렸고 땀이 났다. 아빠가 어김없이 카디건을 벗으라고 했다.

엄마 집에 가는 길에 아빠의 표정은 더 어두웠다. 수요일은 별도의 한 공간에 따로 떨어져 있는 날 같았다. 그 공간 안에는 아빠와 나 둘밖에 없었다. 종종 질식할 것 같은 기분도 들었다. 나는 어서 빨리 아빠와 헤어져 엄마와 발랑틴, 루카스, 에스테르, 르불 선생님과 포베리노를 만나고 싶었다. 하지만 엄마 집에 다다랐을 때는 마음이 무거웠다.

나무 엘리베이터가 고장 나서 아빠와 나는 4층까지 걸어 올라갔다. 아빠는 엄마가 돌아왔는지 확인하고 싶어 했다. 아빠가 벨을 눌렀다. 다섯 번이나.

"이럴 수가! 네 엄마가 6시 30분까지 오라고 했으면서 아직 안 왔어."

"저 열쇠 있어요. 들어가서 기다릴게요."

"어떻게 그래. 열쇠 있다고 들어가서 혼자 기다려?"

"아빠, 저 열네 살이에요. 엄마가 집 안에 쪽지를 남겨 놨을지도 몰라요."

아빠는 내 말을 믿고 싶어 하는 것 같았다. 아빠는 급하게 해야 할 일이 있었다. 끝내야 할 일, 나중에 할 수는 없는 급

한 일이 있었다. 내가 문을 여는 동안 또 아빠의 전화벨이 울렸다. 30분 동안 세 번째였다. 이번에는 전화를 받았다.

아빠가 통화하며 문제를 해결하는 동안 나는 내 방으로 갔다. 포베리노가 내 다리에 감기며 야옹거렸다. 베개 위에 엄마가 남긴 쪽지가 있었다.

나오미,
7시 22분까지 올게.
사랑해.

엄마가.

추신. 그다지 하고 싶지 않겠지만 식기세척기 안에 있는 그릇 좀 꺼내 놓을래?

나는 엄마의 쪽지가 좋았다. 그래서 엄마가 남긴 쪽지는 전부 모아 두었다.

나는 포베리노의 빈 접시를 가져다가 씻어서 크로켓을 담아 주었다.

아빠는 청바지 주머니에 손을 넣은 채 거실에서 엄마를 기다리고 있었다. 엄마의 스웨터는 소파 위에, 구두 한 짝은 의자 위에 있었다. 그리고 꽃병의 꽃은 시들어 있었다. 엄마 집에 엄마 없이 아빠하고만 있으니 기분이 이상했다. 이제 더이상은 아빠 집이 아닌 곳에서.

"엄마는 30분 있다가 오실 거예요."

아빠가 당황해서 말했다.

"30분? 좋아. 그럼 기다리지 뭐. 포베리노는 잘 있니? 아직도 밥 먹을 때 숨어서 먹어?"

"포베리노는 잘 있어요. 괜찮아요, 아빠. 가셔도 돼요."

그때 다시 아빠 휴대전화가 울렸다. 아빠는 "잠깐만." 하고 나를 살짝 안아 주고 나갔다.

마침내 나는 혼자가 되었다.

나는 텔레비전을 켜고 소파에 누워서 담요를 덮었다. 포베리노의 발톱 때문에 구멍이 나 있는 담요였다. 2분쯤 후에 포베리노가 나에게 다가와 내 배 위에 엎드리고 앞발을 내 어깨에 올려놓았다. 포베리노는 가르랑거리며 얼굴을 찡긋하더니 눈을 감았다. 내 눈도 서서히 감겼다.

차가운 볼이 날 깨웠다. 엄마의 화장품 냄새가 났다.

"안녕, 나오미! 엄마야!"

잠시 후, 엄마는 동시에 백만 가지 일을 했다. 먼저 자동
응답기 메시지를 들으면서 외투를 벗었다. 오븐을 켜고, 샐
러드에 넣을 채소를 씻고, 우편물을 뜯어 3초 만에 다 훑어본
다음, 거실 테이블 위에 올려놓았다. 그리고 내가 식기세척
기에 든 그릇들을 꺼내면 하나씩 식탁에 올려놓았다.

엄마는 백화점 지하 3층에 있는 서점에서 일한다. 그래서
일하는 동안은 하늘을 보지 못한다. 전에는 그것 때문에 불
평을 많이 했지만 요즘에는 불평하지 않았다. 심지어는 항상
기분이 좋았다. 엄마는 학교나 숙제에 관해 질문도 하지 않
았다. 대신 엄마가 오늘 하루를 어떻게 보냈는지에 대해 이
야기했다.

"오늘 키가 아주 작고 빨간색 넥타이를 맨 대머리 아저씨
가 와서 두 시간 동안 책을 찾았어. 들었어? 무려 두 시간 동
안! 저자 이름도, 제목도 기억 못 하고, 내가 도와주겠다고
해도 싫대."

"그래서 그 책을 찾았어요?"

"응. 아주 작은 책이었어."

엄마는 접시에 샐러드를 담았다. 그리고 이야기가 다 끝난

것처럼 입을 다물었다.

내가 질문하게 하려고 일부러 그런 것이었다.

"어떤 책이었는데요?"

엄마는 나에게 휴지를 내밀며 말했다.

"그건 전혀 중요하지 않아. 입 닦아. 볼에 소스 묻었다."

"그럼 뭐가 중요한 거예요?"

"그 책을 찾기 위해 서점에 두 시간 동안 있었다는 거. 책을 사고 나면 그 책은 신경도 쓰지 않을걸?"

"그럼 그 책 사러 다시 오겠네요?"

"아, 아냐! 그건 확실히 아냐."

"어떻게 알아요?"

"그 사람이 관심 있는 건 그 책이 아니거든. 치즈 먹을래?"

"아뇨. 그럼 뭐에 관심 있는데요?"

엄마가 카망베르 치즈를 먹으며 말했다.

"두 시간 동안 책을 찾아 헤매는 것, 그리고 찾는 것. 아빠랑은 잘 지냈어?"

할 수 있는 대답은 두 가지밖에 없었다. '네', 아니면 '아니오'. 나는 '네'라고 대답했고 그걸로 끝이었다.

"엄마, 꽃병 비워야겠어요. 꽃이 다 시들었어요."

침대에 누워 있는데 엄마가 전화기를 가지고 왔다. 아빠였다. 아빠는 주말에 함께 엘렌 고모 집에 가자고 했다. 나는 따뜻한 양말을 신어야겠다는 생각을 했다. 그리고 "네." 하고 대답했다. 이번 수요일은 정말 징글징글했다. 다가올 주말에 관해 이야기하고, 계획을 세우고, 일정표를 보면서 앞으로 할 일을 빼곡히 적어 넣는 일은 이제 그만하고 싶었다.

그동안에 엄마는 휴대전화로 마도 아줌마와 다가올 크리스마스에 대해 이야기했다. 엄마는 날 볼 시간이 적다며 불평하지 않았다. 한편으로는 그게 좋으면서도, 한편으로는 싫었다. 아빠와 헤어진 후로 엄마는 항상 즐거워했다. 오늘 저녁은 엄마의 기분이 우울한 게 더 나을 것 같았다.

포베리노가 방으로 들어와 내 배 위로 뛰어올랐다. 손을 대 보니 포베리노의 심장박동이 느껴졌다.

아빠와 말다툼을 한 날

아빠는 늦둥이였다. 아빠가 태어났을 때 할아버지 할머니는 이미 나이가 많으셨고 엘렌 고모는 아빠보다 열여덟 살이나 많았다.

할아버지 할머니가 돌아가시고 나서도 아빠와 엘렌 고모는 어릴 적에 살던 부르고뉴의 커다란 집을 팔고 싶어 하지 않았다. 그래서 대출을 받아 그 집을 지켰다. 엘렌 고모는 은퇴를 하고 계속 그 집에 살기로 했다. 대신에 남동생이 2주에 한 번씩 방문해야 한다는 조건을 내세웠다. 아빠는 약속을 잘 지켰다. 이제는 나와 함께 2주에 한 번씩 주말에 고모를 만나러 간다. 엘렌 고모의 집에는 컴퓨터도, 휴대전화도 없다. 심지어 애들도 없다.

토요일 아침, 아빠가 날 데리러 엄마 집으로 왔다. 나는 물건을 빼먹지 않으려고 신경 써서 짐을 챙겼다. 양말, 장화,

슬리퍼와 책, 그리고 일요일 저녁에 숙제를 하지 않아도 되도록 숙제도 챙겼다.

오스테를리츠 역에서 아빠는 샤리테로 가는 기차표 두 장과 가는 동안 읽을 신문도 샀다. 나는 아빠가 평소처럼 나한테도 읽을 책을 골라 줄 것이라고 생각했다. 그런데 아빠는 여학생용 잡지를 가리켰다. 내가 좋아하는 잡지를! 깜짝 놀랐다. 세상에 십 대들을 위한 잡지에 관심을 갖는 아빠는 우리 아빠밖에 없을 것이다. 아빠가 고집을 꺾은 것이다. 얼마 전까지만 해도 그런 잡지들을 형편없다고 했었는데.

"사도 돼요? 정말요?"

아빠가 말했다.

"형편없는 잡지지. 하지만 괜찮아. 나도 네 나이 땐 형편없는 잡지들을 읽었으니까."

아빠가 이렇게 갑자기 변한 건 엘렌 고모의 영향이 있지 않을까 싶었다.

기차에서 아빠는 날 가만히 내버려 두었다.

아빠는 기차 같은 공공장소에서 이야기를 나누거나 통화를 해서 다른 사람들에게 방해되는 것을 끔찍이 싫어했다. 기차가 출발하자 아빠는 두꺼운 책에 빠져들었다. 나는 잡지를 펼쳐 내 별자리 운세를 읽었다. 나는 물고기자리다. 발랑 틴처럼 쌍둥이자리면 좋았을 텐데. 하지만 내 운세도 그다지 나쁘지 않았다. 특히 감정에 관한 부분에서. 하지만 사랑에 빠지기에 좋은 시기는 아닌 것 같았다. 또 봄까지는 매사에 조심하고 조용히 지내는 게 좋다고 했다. 그 부분을 오려서 루카스에게 보여 주면 날 포기할지도 모르겠다. 그러면 나도 어쩔 수 없다는 걸 루카스도 알 거다. 운명을 거스를 수는 없는 거니까!

아빠는 무릎 위에 책을 편 채로 어느새 잠이 들었다. 숨 쉬는 소리가 불편해 보였다. 나는 내 카디건을 아빠에게 덮어 주었다. 아빠와 계속 기차 안에서만 지내면 함께 지내는 일이 훨씬 편안할 것 같다는 생각이 들었다.

샤리테역 플랫폼에서 엘렌 고모가 커다란 검은색 우산을 쓰고 우리를 기다리고 있었다. 나도 나이가 들면 고모처럼 흰머리를 허리까지 길게 길러 볼까 생각했다.

엘렌 고모는 아빠를 보자마자 어린애 부르듯 미소 지으며 "톰!" 하고 불렀다. 그리고 아빠와 포옹하고 나서 짐을 받아 들다가 가방이 너무 무거워 아빠를 보며 얼굴을 찌푸렸다. 고모가 '도이치'라고 부르는 낡은 자동차까지 가는 동안 고모는 계속해서 말을 했다. 덧창은 사포로 닦아 내야 하고, 빗물받이 홈통은 급히 교체해야 하며 부엌에도 페인트가 다 벗겨졌고, 정원은 정말로 손볼 게 많다고 했다. 하지만 아빠는 고모 말은 하나도 듣지 않고 휴대전화를 들여다보았다.

나는 도이치 트렁크에 배낭을 넣고 엘렌 고모 뒷자리에 앉았다. 그리고 밭과 언덕, 소들을 지나 25킬로미터를 달릴 채비를 했다.

"톰, 연구는 많이 진척됐니?"

고모의 물음에 아빠가 대답했다.

"아뇨. 일주일은 더 몰두해야 해요. 시릴, 마크와 같이 일할 시간도 필요해요. 두 친구 없이는 해결하기 힘들어요."

"시릴과 마크?"

"컴퓨터 공학 연구원들이에요. 백 번도 더 말했는데."

엘렌 고모가 기가 죽어서 물었다.

"컴퓨터 공학이 수학이니?"

아빠가 시무룩하게 말했다.

"됐어요. 말해도 모를 거예요."

그래도 엘렌 고모는 고집스럽게 물었고, 아빠는 한 번 더 강의했다. 엘렌 고모는 '오!', '아!', '그래?'를 연발하며 아빠의 설명을 들었다. 그러다가 고모는 갑자기 아빠의 말을 끊고, 마을에 심각한 문제가 있어서 더 이상은 시청에서 그림을 볼 수 없다고 말했다.

아빠가 고모에게 물었다.

"누나가 시청에 조각 작품을 후원하지 그래요?"

아빠와 고모는 함께 웃었다. 두 사람의 웃음이 멈추질 않았다. 그 모습을 보니 발랑틴과 미친 듯이 웃던 기억이 났다. 두 사람의 웃음이 조금씩 진정되더니 다시 침묵이 흘렀다.

엘렌 고모는 비 때문에 속도를 늦췄다. 하지만 와이퍼에 씻겨 나가는 빗물은 얼마 되지 않았다. 다른 차들이 우리가 타고 있는 도이치를 앞질러 갔다. 심지어는 스쿠터도 앞질러 갔다.

아빠가 투덜거렸다.

"이 고물 차, 버려야겠어요."

고모가 대꾸했다.

"이렇게 잘 굴러가는 자동차를 왜 버려야 하는지 모르겠구나."

엄마가 하는 말처럼 고모가 대꾸했다.

마을에 들어서자 아빠는 비가 오는데도 창밖으로 얼굴을

내밀고 눈을 감은 채 공기를 들이마셨다.

엘렌 고모가 내 쪽을 돌아보며 말했다.

"톰은 항상 소똥 냄새 맡는 걸 좋아했단다."

아빠가 소리쳤다.

"차선 벗어났잖아요."

"괜찮아. 잠깐 벗어난 걸 가지고 뭘 그래. 운전할 줄 안다고!"

집은 마을 맨 안쪽에 있었다. 집 바로 뒤에서부터 숲이 시작되었다.

아빠가 큰 짐을 들고 고모와 나는 작은 짐들을 꺼냈다. 엘렌 고모는 날 보고 미소 짓더니 내 볼을 꼬집고 머리를 헝클어뜨렸다. 고모는 볼에 뽀뽀하거나 얼굴을 보자마자 기뻐서 소리 지르는 사람은 아니었다.

"너도 나이 들었구나. 좋아 보인다, 내 조카. 네 나이엔 얼른 나이 드는 게 소원이지? 내 나이가 되면 별로야. 엄마는 잘 지내니?"

"네, 엄마가 안부 전해 달랬어요. 그리고 고모 주라고 버섯 파이 요리법도 적어 줬어요."

"네 엄마는 진주야. 내 동생이 멍청해서 못 알아보는 거야. 저 녀석은 항상 그랬어. 앞으로도 계속 그럴걸."

고모는 날 뚫어져라 쳐다보았다. 고모의 눈동자는 까맣고 커다랬다. 나는 어렸을 때 고모가 마녀 아니면 요정일 거라고 생각했다.

"2주 동안 박물관은 몇 군데나 가 봤니?"

"세 군데요."

"수영은?"

"진이 빠져 죽을 뻔했어요."

"나도 그랬다. 톰이 애쓰긴 했지만 실패였지. 정말 더는 참을 수 없는 상태까지 갔어. 멍청한 놈. 귀찮아!"

엘렌 고모는 나에게 생수병을 내밀었다.

"잡지는 고마워요, 고모. 보고 싶으시면 빌려 드릴게요."

"생각해 볼게."

고모는 날 끌어안았다.

결국 엄마 말이 맞는지도 모르겠다. 사람은 믿어야 한다.

아빠는 집 안을 둘러보러 갔다. 나는 점심을 먹기 전까지 한 시간 정도 혼자 있을 시간이 생겼다. 엘렌 고모는 벽난로에 불을 지폈다. 그리고 점심으로 숯불에 구운 고기와 감자를 만들어 주겠다고 했다. 내 도움은 필요 없다기에 나는 고모가 나를 위해 마련해 둔 방으로 갔다. 예전에 엘렌 고모가 쓰던 방이었다. 나는 특히 낡은 벽지에 깨알같이 그려진 보라색 아이리스가 마음에 들었다. 꼭 정원 안에 있는 기분이었다.

침대 옆 탁자에는 고모가 커다란 꽃병과 나뭇가지, 초콜릿 한 상자를 올려놓았다. 다크 초콜릿 안에 부드러운 초콜릿 소스가 숨어 있는 퐁당 초콜릿이었다. 고모가 초콜릿 상자에 메모를 남겨 놓았다.

적당히 먹으렴.

비만이 되지 않으려고 애쓰는 중이긴 해도 달콤한 건 좋았다. 나는 우선 초콜릿 세 개를 먹고 난 후, 침대 옆에 놓인 커다란 상자에 짐을 정리해 넣었다. 역에서 산 잡지도 훑어보았지만 그보다 엘렌 고모가 어릴 때 읽던 책이 더 마음에 들었다. 부모님이 없는 사촌 다섯 명이 경찰 조사를 받게 되고, 범인은 잡히지 않은 채 악당들과 맞서 싸운다는 이야기였다. 나는 알록달록한 담요를 덮고 흔들의자에 앉아 점심 식사가 준비되길 기다리며 우스꽝스러운 이야기 속으로 빠져들었다. 나는 바보 같은 이야기를 읽는 게 좋다. 그런 책은 나에게 휴식이 된다.

엘렌 고모는 밥을 먹으면서도 계속 해야 할 집안일과 정원 손질에 관해 이야기했다. 아빠는 고모가 하는 말에 관심이 있는 척했다. 그러다 아빠가 휴대전화를 놓지 못하는 이유를 설명했다. 아빠의 동료들이 전화를 걸어왔는데 자신들이 한 계산에 의구심이 든다고 했다는 것이었다.

아빠는 새로 고기를 덜어 세 조각째 먹으면서 말했다.

"밤새 일해야 할 것 같아요."

"너한테 불평한다고 생각하지 마라. 넌 정말 일을 좋아해. 하지만 네가 스무 살이던 때만 해도 네가 무슨 일을 할지 전혀 기대를 안 했는데 그 후로 수학에 엄청 매달리더구나. 몇 시간이고 몇 시간이고 계속 계산만 했으니까."

"바로 그거예요. 수학자가 될 거라고 누나한테 귀띔해 준 거죠."

"어휴, 어쨌든 난 덧창에 사포질이나 해야겠다."

엘렌 고모가 일어서며 말했다.

"아직도 그 덧창 얘기예요?"

아빠가 물었다.

엘렌 고모는 어깨를 으쓱하며 날 쳐다보았다.

"초여름부터 덧창을 전부 떼어 놨어. 이제 사포질은 거의 끝나 가. 당연히 동생님은 아무것도 알아차리지 못하셨겠지? 나오미, 네 아빠는 눈에 안개가 잔뜩 끼어 있나 보다."

아빠는 아니라고 했지만 고모는 아빠 말을 듣지 않았다. 고모는 두꺼운 양말을 신은 다음 고무장화를 신었다. 나는 순간 의구심이 들었다. 엘렌 고모가 우리만 남겨 놓으려는 걸까? 그럼 아빠가 또 오후 계획을 알려 주려고 할 텐데.

우리는 조용히 식탁을 치우기 시작했다. 더 정확히 말하면 '내가' 식탁을 치웠다. 아빠는 코르크 마개 따개를 정리했다. 내가 옆에 있어서 다행이었지, 안 그랬으면 아빠는 남은 고기를 전부 쓰레기통에 버렸을 것이다. 아빠가 부엌 안을 이리저리 서성거리길래 나는 아빠에게 커피를 타 주려고 물을 끓였다. 그리고 불 옆에 앉아 있으라고 했다.

아빠는 거실에서 깊은 명상에 잠겨 있었다. 커피를 건네자 아빠는 그제야 내 존재를 알아차렸다. 아빠는 아무 말 없이 커피를 마셨다.

창문으로 엘렌 고모가 보였다. 고모는 차고 문을 열어 놓고 있었다. 오른손에는 다리미처럼 생긴 작은 전동 사포를 들고 작업대 위에 놓인 덧창에 문질렀다. 덧창에 사포질을 하는 게 자전거 타는 것보다 훨씬 재미있어 보였다.

전동 사포 돌아가는 소리가 시끄러웠지만 아빠한테는 아무 소리도 들리지 않는 모양이었다. 나는 그 틈을 타 방으로 올라가서 틀어박혀 있으려고 했다.

아빠가 내 생각을 읽은 것처럼 말했다.

"자, 이제 우리 뭐 할까? 도이치 타고 성당에 가 볼까?"

왜 우리가 단둘이 있기만 하면 아빠는 나와 함께 할 일을 생각해 낼까? 왜 매주 수요일, 주말, 휴가 때만 되면 박물관과 성당, 성채를 방문해야 할까?

아빠의 휴대전화 벨이 울렸다. 아빠는 발신자 이름을 확인하고 잠시 받을까 말까 망설이다가 휴대전화를 그냥 내려놓았다. 아빠의 시선이 낡은 카펫 무늬로 향하는가 싶더니 서서히 초점을 잃었다. 나는 여기서 빠져나갈 수 있을 거라고 생각했다. 하지만 내 생각은 틀렸다.

"산책할까?"

"너무 추워요."

전동 사포 소리가 멈췄다. 엘렌 고모는 덧창을 가만히 들여다보았다.

"모노폴리 게임 할까?"

"둘이서요? 재미없어요."

"그럼 네 숙제를 같이 하는 건 어때? 소수를 공부해 보자. 내가 소수 나눗셈하는 거 가르쳐 줄게."

"숙제는 내일 할 거예요."

"내일은 동물원 갈 건데."

동물원에 간다고? 왜, 낚시를 가서 청어를 낚아 끈에 묶어 벽에 걸어 두지? 나는 아빠의 눈을 바라보면서 아빠가 가르쳐 준 대로 당황하지 않고 숨을 들이마셨다가 천천히 내뱉었다. 이번에는 정확히 내 생각을 말해야 했다.

"아빠, 전 아무것도 하고 싶지 않아요. 절 좀 그냥 내버려 두세요."

다시 전동 사포 소리가 시끄럽게 울려 퍼졌다.

"그게 무슨 뜻이니? 더 정확하게 설명해 줄래?"

아빠가 설명이 필요하다니 그렇게 했다.

"박물관도, 글자 맞추기 게임도, 체스도, 수영도, 자전거도, 소수 계산도 다 지겨워요. 수영장, 동물원, 무슨 프로그램, 계획, 활동 이런 거 다 지겹다고요. 차라리 늙어서 머리가 백발이 되어 덧창에 사포질이나 하는 게 낫겠어요."

아빠는 눈앞에 쓰나미 파도가 몰려오는 것을 본 사람처럼 무척 당황해했다. 나도 그 파도가 무서웠다. 그래서 아빠에게 등을 돌리고 문을 쾅 닫고 나가 정원의 차가운 공기를 들이마셨다. 그리고 뛰기 시작했다.

등 뒤에서 날 부르는 소리가 들렸지만 나는 돌아보지 않고 숲으로 달려갔다. 뒤에서 들리는 발자국 소리가 무서웠다. 잠시 후 엘렌 고모의 목소리가 들렸다.

"톰! 나오미를 내버려 두렴."

고모의 말이 들린 이후로 쫓아오는 소리가 나지 않았다. 씩씩거리는 내 숨소리와 심장박동 소리밖에 들리지 않았다.

카디건도 목도리도 챙겨 오지 않았지만 조금도 춥지 않았다. 나는 어느 나무 밑동에 털썩 주저앉았다. 아빠도, 엘렌 고모도, 엄마도 생각하지 않았다. 나는 울고 있던 포베리노를 처음 발견하고 구해 준 그날을 떠올렸다. 6월에 숲에서 실종되었다는 네 살짜리 어린아이에 대해서도 생각했다. 그 아이는 무사히 구조되었을까?

30쯤 후, 뒤에서 나뭇가지 부러지는 소리가 들렸다. 엘렌 고모가 씩씩거리며 다가오고 있었다. 오는 길에 고모가 스무 살 때부터 입은 커다란 양털 스웨터가 찢어진 모양이었다.

청바지에는 진흙이 잔뜩 묻어 있었다.

　나무에 기대어 쭈그리고 있던 내 옆에 고모가 앉았다. 고모는 다른 사람이 기분 안 좋을 때 그 감정을 존중할 줄 아는 분이었다. 그래서인지 날 위로하려고 하지 않았다.

　"톰이 순진해서 그렇지, 터무니없는 얼간이는 아니야."

　아빠는 정원에서 우리를 기다리고 있었다. 우리 모습을 보자마자 달려오려다가 고모를 슬쩍 보고는 걸음을 멈췄다.

　아빠는 나에게 아무 질문도 하지 않았고, 날 안으려고도, 나무라지도 않았다. 차라리 화를 내는 편이 나았을 텐데 그렇게 하지도 않았다. 어쩔 수 없었다.

　현관에는 엘렌 고모의 진흙 묻은 장화가 놓여 있었다. 나는 고모를 따라 내 방, 아이리스 꽃밭으로 돌아왔다. 갑자기 추웠다. 어느 흐린 여름 날 벨일로 휴가를 갔을 때처럼 몸이 으슬으슬 떨리면서 추웠다.

　엘렌 고모가 담요를 건네주었다.

　"고모, 조르주 브라상 아세요?"

　고모의 까만 눈동자가 반짝거렸다. 고모는 대답 대신 노래를 불러 주었다. 긴 백발의 노인 목소리가 아닌 요정 같은 목소리였다.

엘렌의 장화는

진흙투성이였지.

세 선장은

그녀를 추잡하다 말했지.

가엾은 엘렌의

상처 받은 영혼은……

"우리 반 담임인 르불 선생님이 조르주 브라상의 노래 가
르쳐 주셨어요."

"나도 르불 선생님을 만나 뵙고 싶은걸? 넌 운이 좋구나."

"네, 저도 알아요."

"정말 아무것도 필요 없어?"

"네. 정말 괜찮아요."

고모는 내 손에 입을 맞추고 나가서 조심스럽게 문을 닫았
다. 저녁 식사를 하기까지는 세 시간쯤 남아 있었다. 몸이 따
뜻해지지도 않았고, 책을 읽을 수도, 잠을 잘 수도 없었다.
나는 아빠 생각을 했다. 아무래도 아빠가 나 때문에 슬퍼하
는 건 싫었다.

일요일에는 엘렌 고모를 도와 덧창에 사포질을 했다. 그리

고 잡초도 뽑고 나뭇가지도 주웠다. 숙제도 했다. 수학 실력이 많이 늘은 것 같다. 하지만 솔직히 소수점 계산은 제대로 이해하지 못했다. 아빠한테 한 말이 있으니 도와 달라고 할 수도 없었다.

어쨌든 낮에는 아빠를 보지 못했다. 내가 더 이상 수영을 배우고 싶지 않다고 해서 아빠가 화가 났든, 그냥 나에게 신경 쓰지 않는 것이든 무시해 버렸다.

저녁에 엄마는 볼이 사과처럼 빨간 내 얼굴을 보고 건강한 증거라고 생각했다. 엄마가 보기에는 아무 문제가 없었다. 아빠는 제시간에 도착했고, 화요일에는 다시 날 보러 올 것이다. 모든 게 평소와 다름없어 보였다.

나는 포베리노와 함께 방에 틀어박혔다. 포베리노의 초록색 눈동자가 날 뚫어지게 쳐다보았다. 내가 끌어안자 포베리노는 가만히 있었다.

나는 어렸을 때 동물의 언어를 이해해서 동물과 이야기하는 상상을 하곤 했다. 심지어 참새나 파리하고도. 내 거북이 쉬종하고도 대화를 시도해 봤지만 쉬종은 아무 대답도 하지 않았다. 그래서 나는 거북이들은 귀머거리거나 벙어리인 모양이라고 생각했었다.

이 순간에는 포베리노의 언어를 이해하지 못하는 편이 더 좋았다. 내가 포베리노의 눈을 보며 이야기하자 야옹 하고 대답했다. 그거면 충분했다.

엄마 아빠가 거실에서 이야기를 나누고 있지만 나한테는 들리지 않았다. 그리고 몇 분 후 아빠는 나한테 작별 인사도 하지 않고 가 버렸다. 아마 내 이야기를 했을 것이다. 그러고 나서 엄마의 기분이 다시 안 좋아졌다. 엄마는 주말에 어떻게 지냈는지 물어볼 생각도 하지 않았다. 대화 내용은 엄마 아빠만 알고 있기로 한 것 같다.

"엘렌 고모가 여러 번 전화했어."

"엘렌 고모는 조르주 브라상도 알고 있던데요? 그리고 버섯 파이도 잘 만들었어요. 발랑틴한테 전화해도 돼요?"

나는 배낭에서 은박지에 싼 물렁물렁한 버섯 파이를 꺼내 엄마에게 내밀었다.

잠깐 침묵이 흐르고 나서 엄마가 대답했다.

"그래, 좋아."

나는 발랑틴과 30분 조금 넘게 통화하면서 모든 이야기를 들려주었다. 하지만 발랑틴에게는 그런 얘기가 잘 먹히지 않았다. 내가 아빠를 천하에 나쁜 사람처럼 얘기하기라도 한 듯, 발랑틴은 아빠를 감싸며 목소리를 높였다.

"너, 성채에 관해서 발표한 거 20점 만점에 18점 받았잖아. 그게 다 누구 덕인데?"

아빠가 날 내버려 둔 날

월요일 아침에 일어나 보니 내 책상 위에 엄마가 만든 고양이 모양 콜라주와 사람 모양 콜라주가 놓여 있었다. 엘렌 고모의 백발과 마도 아줌마의 미소, 발랑틴의 곱슬머리라는 것을 한눈에 알아볼 수 있었다. 그리고 한가운데는 더 크게 엄마와 나, 아빠의 모습을 붙인 콜라주가 있었다. 나는 그 콜라주를 한참 동안 쳐다보다가 내 보물함에 넣어 두었다.

낮에는 친구들과 르불 선생님을 다시 만났다. 나는 다시 한번 "연인들이 벤치에서 입을 맞추네." 하고 노래를 불렀다. 루카스는 나에게서 눈을 떼지 않은 채 다른 애들보다 크게 노래를 불렀다. 루카스는 정말 진지했다. 날 가만 놔두지 않았다. 내가 왜 자기와 말하지 않으려고 하는지, 내가 농구나 축구 중에 어떤 걸 더 좋아하는지, 토요일이나 일요일에 만날 수 있는지를 알고 싶어 했다. 심지어 커서 어떤 직업을 갖고 싶은지까지 물어보았다. 나는 루카스에게 '택시 운전사' 라고 대답했다. 그랬더니 멋지다고 하길래 농담이라고 말했다. 하지만 루카스는 웃지 않았다. 나는 날 좀 덜 좋아했을 때의 루카스가 더 좋았다. 이런 내 마음을 어떻게 말해야 루카스의 마음이 덜 아플지 몰랐다.

발랑틴이 날 안심시켰다.

"걱정 마. 루카스는 에스테르가 위로해 줄 거야."

화요일에는 오후 4시부터 속이 답답했다. 일요일 저녁 이후로 아빠는 전화도 하지 않았다. 무슨 얘기를 해야 하나?

이번에는 4시 30분이 되자마자 바로 다른 친구들과 함께 계단을 내려갔다. 발랑틴이 날 보호하려는 것처럼 내 뒤를 따라왔다. 운동장은 너무 추웠다. 나는 카디건을 잘 여미고 카디건에 달린 모자를 썼다. 정문을 나서면 아빠가 날 반길 거라고 생각하면서.

그런데 아빠는 모여 있는 엄마들 사이에도 홀로 떨어진 벤치에도 없었다. 나는 여기저기 아빠를 찾아보고 길 끝까지 달려갔다가 다시 학교로 돌아왔다. 당황스럽기는 했지만 아빠가 늦는 거라는 생각은 들지 않았다. 날 잊어버렸다고는 더더욱 생각할 수 없었다. 마도 아줌마도 놀라기는 마찬가지였다.

"내가 엄마한테 전화해 줄게."

"아녜요. 마도 아줌마, 그러지 마세요. 괜히 걱정만 하실 거예요."

발랑틴이 물었다.

"아빠 오실 때까지 내가 함께 기다려 줄까?"

"아냐, 어서 가. 나 혼자 기다릴게."

마도 아줌마가 손에 휴대전화를 든 채 되물었다.

"정말?"

"그럼요. 아빤 오실 거예요. 버스가 막히는 걸 거예요."

"좋아. 그럼 우린 갈게. 그 대신, 아빠 만나자마자 아줌마한테 전화해. 알았지?"

나와 함께 아빠를 기다리겠다는 생각은 포기하는 게 옳았다. 아무리 그럴 듯한 이유가 있다고 해도, 이중 주차를 하면 비싼 대가를 치러야 했다. 지난주에도 주차 단속원은 인정사정 봐 주지 않았다. 매일 4시 30분에 학교 앞에서 딸을 기다려야 한다는 설명도 법을 위반했다는 사실 앞에서는 변명밖에 되지 않았다. 그 사건 이후에 엄마는 말했다.

"사람은 믿어야 해. 주차 단속원이라도. 그래, 알아. 나오미. 쉽진 않을 거야."

내 시계는 5시 15분을 가리키고 있었다. 나는 엄마 집으로 갈 수도 있지만, 아빠가 날 데리러 오지 않았다는 사실을 엄마가 알면 심각한 문제로 생각할 것이 뻔했다. 마도 아줌마네 가서 저녁 내내 발랑틴과 함께 지낼 수도 있지만, 그런다고 문제가 해결되는 것도 아니었다.

나는 벤치에 앉아 덜덜 떨며 15분을 더 기다렸다. 그리고 버스를 타기로 했다.

아빠는 이사하고 나서 나에게 아빠 집 열쇠를 주었다. 그리고 엄마 집 열쇠와 함께 내 열쇠고리에 끼워 주었다. 여태까지 한 번도 그 열쇠를 사용한 적은 없지만 아빠는 내가 그 열쇠를 가지고 다니는지 가끔 확인했다. 아빠가 집에 없으면 기다리면 된다. 아빠가 쪽지를 남겨 두었을지도 모른다.

나는 버스표도 없었고, 표를 살 돈도 없었다. 버스 기사 아저씨가 물어보면 상황을 설명하고 부탁하면 될 것이다. 그럼 기사 아저씨도 이해해 주겠지. 어쨌든 기사 아저씨도 사람이니까.

버스 안이 너무 더워서 카디건을 벗었다. 나는 앉을 자리는 기대도 하지 말아야 한다는 걸 알고 있었다. 이 버스를 탄지 3개월이 지났지만, 자리가 난 적은 한 번도 없었다. 나는 우연히 버스 뒷자리를 둘러보다가 한 대머리 아저씨를 발견했다. 발이 버스 바닥에 닿지 않을 만큼 키가 작은 아저씨였는데 빨간색 넥타이를 매고 있었다. 나는 엄마가 말한 그 책 찾는 아저씨가 맞는지 물어보고 싶었지만 그럴 용기는 나지 않았다. 하지만 버스 안이 무덤처럼 조용한 것보다는 모든 사람이 이야기를 나누는 편이 좋을 것 같았다. 한편으로는 그러면 너무 소란스러워질 것 같아 그냥 조용한 편이 좋겠다는 생각도 들었다. 나는 혼자서 버스를 타는 게 좋았다. 내가 하고 싶은 대로 공상에 잠길 수도 있고 지루해할 수도 있으니까. 게다가 버스 기사 아저씨들은 나에게 이래라 저래라 하지도 않으니까.

　나는 어렵지 않게 아빠 집에 도착해 문을 열었다. 그러자 조명이 전부 켜졌다. 아빠를 불러 보았지만 아무 대답도 없었다.

　거실에는 숫자가 가득 적힌 종이가 여기저기 널려 있었다. 탁자 위에는 콜라와 맥주 캔, 피자 박스, 빈 감자 칩 봉지가 굴러다니고 있었고, 재떨이에는 담배꽁초가 가득했다. 아빠

방은 더 엉망이었다. 흐트러진 침대 위에 정리하지 않은 물건들이 죄다 널려 있었다. 르불 선생님이 봤다면 아빠는 아직 자율적 행동을 익히지 못했다며 학생 교육 지침을 알려 주었을 것이다.

우선 나는 환기를 시키기로 했다. 날씨가 추웠지만 할 수 없었다. 그다음에는 부엌 청소를 했다. 데우다가 끓어 넘친 우유가 딱딱한 검은색 덩어리로 변해 있었다. 나는 거의 20분 동안 문지르고 씻고 정리하고 닦았다. 그러고 나서 재떨이를 비우고 소파 위의 쿠션들을 정리했다. 카펫 위의 얼룩도 닦았지만 숫자와 공식이 가득 쓰여 있는 종이들은 건드리지 않았다. 엄마가 아주 가끔 아빠 책상을 정리하려고 하면 아빠는 늘 엄마에게 이렇게 말했다.

"아무것도 건드리지 마. 티끌 하나까지도 가만히 놔둬."

마침내 나는 창문을 닫고 숨을 들이마셨다. 라벤더 향이 났다. 슬슬 배가 고파지기 시작했다.

8시 5분, 현관문 여는 소리가 들리더니 몇 초 동안 아무 소리도 들리지 않았다. 아빠는 강도들이 공격할 순간에 대비하는 듯 천천히 걸어 들어왔다. 나는 소파에 앉아서 양손을 목덜미 뒤로 올리고 아빠가 날 발견하길 기다렸다. 나도 아빠를 깜짝 놀라게 해 줄 수 있다.

다크서클이 생긴 눈가, 벌어진 외투 사이로 보이는 구깃구 깃한 셔츠. 아빠는 날 쳐다보고 아무 말도 하지 못했다. 나는 웃으면서 아빠를 다시 만나 얼마나 기쁜지 모른다고 말하고 싶었다.

요 며칠 아빠가 일이 많았다는 걸 알 수 있었다. 일부러 약속을 잊은 게 아니라는 것도. 나는 일어나 아빠의 품으로 달려가서 안겼다.

"아빠, 그래도 면도는 하셔야죠. 꼭 전과자 같잖아요."

아빠는 슬퍼해야 할지, 기뻐해야 할지 모르겠다는 표정이었다. 고개를 절레절레 흔들더니 나에게 미안하다고 말했다. 아빠는 어떻게 이런 일이 일어날 수 있는지 이해가 안 되는 모양이었다. 저녁에 뭘 먹을 거라고도 말하지 않았다. 그래서 내가 아빠한테 저녁으로 뭘 만들지 걱정하지 않아도 된다고 했다.

"냉동실에서 대구, 싱크대에서 은박지를 찾았어요. 제가 생선 파피요트 만들게요."

아빠가 머뭇거리며 말했다.

"생선 파피요트?"

"네. 아빠도 좋아할 거예요. 부엌을 정리했어요. 아빠 방은 그대로 놔뒀어요. 아빠는 좀 더 자율적으로 행동하는 걸 배워야겠어요."

아빠는 눈동자를 반짝이며 나에게 미소 지었다. 아빠는 두 팔로 날 들어 올리더니 거실에서 빙글빙글 돌렸다.

"아빠, 아빠 종이 조심하세요."

저녁 식사를 하는 동안, 나는 아빠에게 얼마나 오랫동안 아빠를 기다렸는지, 어떻게 혼자서 아빠 집까지 왔는지 이야기했다. 하지만 빨간 넥타이를 맨 대머리 아저씨 이야기는 하지 않았다. 그건 엄마와 나만 아는 이야기니까.

저녁에는 영화를 보지 않았다. 아빠는 아직도 할 일이 많았다. 나는 아빠에게 안녕히 주무시라고 인사하고 침대로 왔다. 그리고 아빠와 처음 주말을 함께 보냈을 때 아빠가 사 준 책을 읽어 보기로 했다. 고전 〈호메로스의 오디세이아〉 축소판이었다.

하지만 두 쪽을 읽고 나서 생각이 바뀌었다. 아빠와 함께 있고 싶었다. 책을 들고 거실로 나갔다.

거실에서 아빠는 날 보고도 놀라지 않는 눈치였다. 나는 아빠 옆자리에 앉았다.

"아빠 옆에서 책 읽어도 괜찮아요?"

"그럼. 잠깐, 아빠가 담요 갖다 줄게."

가끔 내가 고개를 들면 아빠도 고개를 들었다. 그리고 나에게 윙크를 했다.

기차에서보다 훨씬 나은 것 같았다.

아빠가 날 정말 놀라게 한 날

나는 아빠보다 먼저 일어나서 아침 식사를 준비했다. 나중에 아빠도 부엌으로 나왔는데 얼굴에는 아직 베개 자국이 남아 있었다. 우리는 같이 라디오로 뉴스를 들었다. 아빠는 금융과 은행 위기 소식에 화를 냈다. 나는 6월에 실종되었다가 찾은 네 살짜리 어린아이가 이제 충격에서 벗어나 자신이 어떻게 살아났는지 설명할 수 있는 상태가 되었다는 소식을 듣고 깜짝 놀랐다. 그 아이는 일주일 동안 어떤 구멍 속에 숨어 있었다고 했다. 아나운서는 기적이라고 말했다.

아빠가 말했다.

"너도 뉴스가 재미있는 모양이구나."

"그게 놀라워요?"

"응, 조금. 처음에는 침대에 누워 있는 볼이 통통한 아기였고, 그다음에는 에이미 와인하우스와 조르주 브라상의 팬인 어린이였지. 그런데 오늘 보니 생선 파피요트도 만들 줄 알고 뉴스도 듣는 소녀가 됐구나."

"네, 그래요. 시간은 참 빠르죠."

아빠는 그다지 기분이 좋아 보이지 않았다. 나는 아빠에게 커피를 타 주었다.

10시 30분에 초인종이 울렸다. 나는 아빠와 맥주를 마시고 피자도 먹은 친구 두 명일 거라고 생각했다. 엄마랑 나와 함께 살 때 아빠는 집에 아무도 초대한 적이 없었다. 나도 시릴과 마크 아저씨를 만나 보고 싶었다. 어떻게 생겼는지, 젊은지 나이가 들었는지, 진지한 사람들인지 재미있는 사람들인지 궁금했다. 한 가지는 확실히 알 것 같았다. 다이어트에는 전혀 신경 쓰지 않는 아저씨들이라는 것.

하지만 문을 열자 내 앞에는 시릴 아저씨도 마크 아저씨도 아닌 곱슬머리 발랑틴이 환하게 웃으며 서 있었다.

"너 여기서 뭐해?"

"너희 아빠가 초대했어."

아빠 집에 발랑틴을 데리고 오는 건 불가능한 일이라고 생각했기 때문에 나는 어떤 반응도 하지 못하고 멀뚱히 서 있었다. 그때 발랑틴이 내 분홍색 털 슬리퍼를 가리켰다. 부끄

119

러웠다.

발랑틴이 소리쳤다.

"와! 분홍색 털 슬리퍼잖아? 정말 멋지다! 그런 건 어디서 샀어?"

"아빠가 사다 준 거야. 이리 와. 내 방으로 가자."

발랑틴은 내 방의 형광 노란색 벽을 좋아했다. 빙글빙글 돌아가는 의자와 커다란 텔레비전도, 거실과 부엌 모두 마음에 들어 했다. 발랑틴은 목이 마르다며 오렌지 주스를 마시겠다고 했다.

아빠는 새로 고친 신발을 보듯 발랑틴을 뚫어져라 쳐다보며 발랑틴이 많이 변했고 더 예뻐졌다고 했다. 그리고 발랑틴에게 오렌지 주스를 건네주며 어떻게 지냈느냐고 물었다. 발랑틴이 갑자기 쑥스러운 목소리로 대답했다.

"아주 잘 지내요. 감사합니다."

내가 벨일의 캠핑장에서 만난 에르윈에게 거짓말을 할 때 같았다. 아빠와 발랑틴은 르불 선생님과 우리 반, 과학 실험, 아프리카식 대구 튀김 등에 관해 이야기했다. 발랑틴은 대구 튀김 만드는 데 성공한 척하며 말했다. 아빠는 큰 소리로 웃었다. 발랑틴은 그때를 이용해 우리와 함께 수영장에 가고 싶다고 말했다. 나는 너무 놀라 발랑틴을 쳐다보았다. 내가 수영장에 다시는 가기 싫어하는 걸 알면서 어떻게 나한테 이럴 수 있지?

아빠는 매우 기뻐했다.

"그럴까? 근데 오래는 못 있어. 정오에 시릴과 마크가 올 거야. 오후 내내, 어쩌면 저녁때나 밤까지 계속 일해야 할지도 몰라. 많이 해 봐야 몇 바퀴밖에 못 돌 거야."

발랑틴이 간청하듯 말했다.

"나오미, 알았다고 해. 우리 함께 수요일에 수영장 가는 거 8년 동안 기다려 온 일이잖아. 알았다고 해."

45분 후, 우리는 사물함 앞에서 깔깔대며 웃고 나서 커다란 풀에서 아빠를 만났다. 아빠는 발랑틴에게 청록색 수영복과 진분홍색 수영 모자를 빌려 주었다. 발랑틴에게 잘 어울렸다. 발랑틴은 그리스 신화에 나오는 바다 요정 세이렌 같았다.

수영 강습 같은 건 없었다. 아빠는 벌써 물속에 들어가 완벽한 자유형 자세로 물살을 가르며 나아갔다. 다른 사람들이 옆으로 비켜 줄 정도였다. 나는 발랑틴과 함께 물에 첨벙 뛰어들어 물을 튀기면서 깔깔대고 웃었다. 그때 어디선가 공 하나가 날아와 내 머리를 스치고 지나갔다. 나는 거의 맞을 뻔했다. 곧 호루라기 소리가 들리고 수영 코치의 화난 목소리가 들려왔다. 공을 던진 네 살 아이의 눈에 눈물에 고였다. 나는 공을 주워 들고 아이가 있는 곳으로 수영해 가서 공을 건네 준 다음 다시 발랑틴에게 돌아갔다.

"너 수영 진짜 잘한다! 자유형 다시 보여 줘 봐!"

나는 물도 먹지 않고, 뱉어 내지도 않고, 별로 어렵지 않게 반대편 끝까지 갔다. 더 길게 헤엄칠 수도 있을 것 같았다. 이번에는 내가 세이렌 요정이 된 기분이었다. 나는 눈으로 아빠를 찾았다. 하지만 아빠는 날 보지 못한 것 같았다.

발랑틴과 함께 있으니 오후 시간도 빨리 지나갔다. 우리는 평소 하던 대로 놀았다. 음악도 듣고 춤도 췄다. 인생과 사랑, 루카스와 에르윈, 르불 선생님에 대해서도 이야기했다. 아마도 우리는 담임인 르불 선생님을 평생 잊지 못할 것 같다.

발랑틴이 잡지를 읽으며 내 마지막 초콜릿을 삼키는 동안 나는 아빠와 아빠의 친구들을 보러 거실로 나갔다. 아빠는 잔뜩 집중한 표정이었고, 시릴 아저씨는 감자 칩을 먹으며 생각에 잠겨 있었다. 그러다가 마크 아저씨가 수학 공식에

대해 말하기 시작했고, 아저씨의 말이 끝나자 시릴 아저씨와
아빠가 웃음을 터뜨렸다. 아빠가 친구들과 함께 웃는 모습이
참 좋아 보였다.

나는 발랑틴에게 되돌아왔다.

"발랑틴, 이리 와. 아저씨들한테 커피 타 주자."

빨리 아빠를 만나고 싶었던 날

이번 주말은 엄마와 함께 보냈다. 우리는 꽃병을 전부 비우고 시든 꽃들을 벽난로에 넣어 태웠다. 아빠가 약속을 잊은 이야기도 했다. 엄마는 그게 심각한 문제라고 생각하지 않았다. 엄마는 아빠가 돌아오기 전에 저녁 준비를 한 게 현명한 선택이었는지 모르겠다고 했다. 하지만 한편으로는 정말 멋지다고도 했다.

그리고 엄마와 장을 보면서 한 가지 새로운 사실도 알게 되었다. 꽃과 과일, 채소를 카트에 담고 나서 엄마는 각각 다른 파란색의 오래된 금속 상자 세 개를 넣을 놓고 바라보았다.

"저 안에 뭘 넣게요?"

엄마는 아무 망설임도 없이 대답했다.

"아무것도. 뭘 넣으려는 게 아니라 그냥 놓고 보려고."

나는 엄마의 대답을 한참 동안 생각해 보았다. 나중에 엄마는 빈 상자들을 거실 진열대에 올려놓고 상자들을 최대한 빛내 줄 멋진 조명을 찾아다녔다. 나는 그 상자들이 엄마 아빠가 이혼하게 된 원인일지도 모른다는 생각이 들었다. 아빠라면 절대 빈 상자 세 개를 진열해 놓고 볼 생각은 하지 않을 것이기 때문이다.

나는 아빠에게 주려고 내 용돈으로 이가 조금 빠진 낡은 꽃병을 샀다. 엄마는 그 꽃병이 아름답다며 이태리어로 "벨리시모." 하고 말했다. 나는 꽃병에 물이 새지 않는지 직접 확인해 보았다. 그냥 보기에만 예쁜 것보다 이왕이면 꽃과 물도 함께 담을 수 있으면 더 좋으니까.

월요일, 르불 선생님은 우리에게 새로운 팝송을 가르쳐 주기로 했다. 그 노래를 부른 가수가 지금은 일흔 살이 되었다고 했다.

발랑틴이 불평했다.

"옛날 노래 배우는 거 지겨워."

선생님은 그 가수가 천재적인 재능이 있었다는 점을 설명하면서 초창기 앨범 재킷 사진을 보여 주었다.

발랑틴이 소리쳤다.

"어머, 정말 잘 생겼다! 나오미, 이 가수 너희 아빠랑 똑 닮지 않았어?"

"하나도 안 닮았는데."

발랑틴은 우리와 함께 수요일을 보낸 후로 나중에 커서 자유형 수영 선수나 체스 프로 기사가 되는 꿈을 꾸게 되었다. 이런 식으로 계속 가다가는 아빠 사진을 달라고 할지도 모르겠다.

우리 반에서 새로 배운 팝송을 제대로 부르는 애는 한 명도 없었고, 이해하는 애들도 많지 않았지만 그래도 르불 선생님은 천천히 영어 가사를 해석해 주었다. 아, 나만 빼고. 나는 그 노래를 처음 들었을 때부터 날 위해 쓰인 곡이라는 느낌을 받았다. 그래서 종일 그 노래를 연습했는데도 제대로 멋지게 부르지는 못했다. 르불 선생님은 이런 날 칭찬해 주며 이렇게 말했다.

"나오미는 노래 부르는 것만큼만 나눗셈을 잘 하면 정말 훌륭한 학생일 텐데."

나는 선생님께 영어로 대답했다.

"Nobody's perfect(누구도 완벽하진 않아요)."

그건 마릴린 먼로가 우쿨렐레를 연주한 영화의 마지막 대

126

사였다. 나는 철학적인 대사라고 생각했다.

화요일 아침, 나는 양치질용 컵에 엄마가 붙여 놓은 쪽지를 발견했다.

나오미,
빨간 넥타이를 맨 대머리 아저씨 이야기를 깜빡했구나. 그 사람 또 왔는데, 이번에는 저번에 찾던 책을 찾지 않았어. 그냥 또 두 시간 동안 어슬렁거리더니 다른 책을 사갔어. 세 권.
쪽쪽쪽!

엄마가.

추신. 내 결론은 이래. 사람은 수수께끼 같은 존재야. 항상 놀랄 거리를 만들어 내거든.

8시간 후에 나는 아빠를 만나 디저트를 만들고, 꽃병을 선물할 것이다. 그리고 거품 목욕을 한 다음, 아빠 옆에 앉아서 〈오디세이〉를 읽을 것이다. 아빠에게 팝송도 가르쳐 줘야지. 어서 빨리 아빠를 만나고 싶다.

아빠가 록 스타가 된 날

아빠가 학교 앞에서 날 기다리고 있지 않았다. 이럴 때 혼자서 아빠 집까지 갈 수 있게 미리 허락을 받아 두었다. 나는 발랑틴과 마도 아줌마에게 인사를 하고 자동차 문을 닫아 주었다.

내 앞으로 루카스와 에스테르가 손을 잡고 걸어오고 있었다. 둘은 똑같은 파란색 목도리를 두르고 있었다. 아직 벤치에서 입을 맞추지는 않았지만 그럴 날이 머지않은 것 같았다. 루카스는 실연의 고통을 금세 회복한 모양이었다. 뭐, 나야 상관없지만.

에스테르는 둘 사이를 내게 밝히지 않은 것이 찔리는 듯 머뭇거리며 물었다.

"집에 가?"

"응. 공원에서 잘 수는 없으니까."

루카스가 물었다.

"그래? 하지만 화요일이잖아?"

"그래서? 그냥 집에 갈 거야. 아빠 집에."

루카스가 말했다.

"아!"

대답치고는 좀 짧았다. 그 순간 나는 루카스와 사랑에 빠지지 않길 정말 잘했다 싶었다.

아빠는 저녁으로 스테이크와 으깬 당근을 차려 주겠다고 했다. 아빠는 내 말대로 냉동식품을 샀다. 그렇게 하면 훨씬 간단하게 만들 수 있기 때문이었다. 나는 디저트로 사과 조림을 바른 비스킷과 바닐라 아이스크림을 준비했다. 화요일 디저트는 내 몫이었다.

아빠는 저녁에 한가했다. 잘된 일이었다. 할 이야기가 많았기 때문이다. 아빠도 그랬다. 아빠는 시릴 아저씨, 마크 아저씨와 함께 마침내 계산이 잘못된 부분을 알아냈다고 했다.

"언제 아셨어요?"

"어젯밤에. 여러 번 다시 읽어 봤는데 뭔가가 이상한 거야. 그런데 시릴이 갑자기 소리쳤어. 우리가 세세한 부분을 보지 못했던 거지. 아니, 더 정확히 말하면 이미 봤지만 그 부분을 잊고 있었던 거야. 그래서 처음부터 다시 시작했더니 풀렸어. 마법처럼."

"그럼, 이미 찾아냈던 무언가를 우연히 다시 찾은 거네요."

아빠는 내 대답에 깜짝 놀라 날 쳐다보며 대답했다.

"바로 그거야."

"거봐요, 아빠. 수학에도 우연이란 게 있잖아요."

그러고 나서 나는 이번에는 아빠가 좋아하는 영화를 고르라고 했다. 저녁에 막스 형제들이 나오는 〈오리고기 수프〉를 보았다. 우리는 영화를 보면서 정말 많이 웃었다. 웃음소리 때문에 대사가 들리지 않아 아빠는 몇 번이나 영화를 뒤로 돌려 다시 재생시켰다.

나중에 아빠가 물었다.

"르불 선생님은 요즘에도 옛날 노래를 가르쳐 주셔?"

"요즘엔 밥 딜런 노래도 배워요. 저 이제 그 노래 잘 부를 수 있어요. 아빠도 좋아할 거예요."

"르불 선생님이 밥 딜런 노래를 부르신다고?"

아빠는 내가 내일부터 전기 요금이 무료라고 말하기라도

한 듯 고개를 갸우뚱거리며 물었다.

"르불 선생님은 파이프 담배를 피우는 수염 난 프랑스 가수도 알고, 수염을 잘 안 깎는 미국 가수도 알아요."

아빠는 르불 선생님이 평범한 교사는 아니라는 사실을 인정했다.

"아빠, 제가 노래 가르쳐 드릴까요? 아빠도 한번 해 보세요. 정말 부르기 어려운 노래에요."

아빠는 당황하지 않았다. 그저 미소를 지었다. 아빠는 벌써 밥 딜런의 '미스터 탬버린 맨'을 외울 만큼 잘 알고 있던 것이다.

아빠가 말했다.

"자, 시작해 봐."

나는 집중하고 긴장을 풀려고 했다. 아빠는 침착하게 날기다려 주었다. 정확한 음을 맞추자 내 목소리는 안정을 찾았다. 아빠도 나를 따라서 가사를 흥얼거리며 기타 치는 시늉을 했다.

우리는 함께 '미스터 탬버린 맨'을 세 번이나 불렀다. 여러 번 틀리기도 했다. 마지막으로 부를 때는 우리가 아빠 집이 아닌 길 위, 우리의 캠핑카 안에 있는 것 같은 느낌이 들었다. 노래가 끝나고, 긴 침묵이 이어졌다. 하지만 비누 거품처럼 가벼운 침묵이었다.

아빠가 말했다.

"기타를 다시 쳐야겠어."

"연주할 줄 아세요?"

"당연하지. 열 살 때부터 스무 살 때까지 매일매일 연주했으니까."

"그런데 왜 그만두셨어요?"

아빠는 앨범 재킷을 쳐다보면서 멍한 표정을 지었다. 나는 스무 살 때의 아빠 모습을 상상해 보려고 했다. 쉽지 않았다. 엘렌 고모한테 물어봐야 할 것 같다. 엘렌 고모는 남동생에 대해 잘 알고 있을 테니까. 아빠는 내 질문에 짧게 대답했다.

"일이 너무 많았어."

"그건 이유가 안 돼요."

아빠가 고개를 끄덕이며 말했다.

"네 말이 맞아."

나는 카펫 위에 앉아 턱을 무릎에 괴고 내 분홍색 슬리퍼를 바라보았다. 어쩌면 발랑틴은 이 슬리퍼가 우스꽝스럽다고 생각했을지도 모른다. 하지만 나는 내 슬리퍼가 좋다.

아빠가 기타를 연주할 줄 안다니. 아마도 아빠는 록 스타가 되고 싶었나 보다. 나는 발랑틴에게 이 소식을 빨리 알리고 싶었다. 한편으로는 비밀로 할까 하는 생각도 들었다. 엄마는 이미 알고 있을지도 모르지만 엄마에게도 이야기하지 않을 생각이다. 이건 아빠와 나만의 비밀로 해야겠다.

그런데 딱 한 가지 걸리는 게 있다. 아빠 목소리는 엘렌 고모와 영 딴판이라는 것이다. 아빠 목소리는 정말이지 냄비에서 무언가 팔팔 끓는 소리 같았다.

거의 자정이 다 되었는데 아빠는 시간을 생각하지 않은 채 말했다.

"엘피 레코드 들려 줄게. 네 나이 때 엘렌 고모가 온종일 듣곤 했어."

앨범 재킷 속 가수는 모자를 쓰고 있었다. 꼭 아빠 같았다.

엘피 레코드라 지글거리는 소리가 나긴 했지만 최신형 스피커 덕분에 거실 전체에 소리가 멋지게 울려 퍼졌다.

이번에는 확실히 알 것 같았다. 밥 딜런은 아빠와 꼭 닮아 있었다. 냄비 끓는 소리 같은 목소리마저도 똑같았다.

아빠는 노래를 부르면서 춤을 추었다. 춤이 엉망이라 나는 깔깔거리며 웃었다. 다음에는 아빠한테 춤을 좀 가르쳐 줘야겠다. 정말로 사람들은 저마다 깜짝 놀랄 거리를 갖고 있다. 결국 아빠도 사람이었다.

아빠는 내 침대에 걸터앉아서 주말에 써야 할 논문이 있다고 말했다. 시릴 아저씨와 마크 아저씨가 일을 많이 해 놓긴 했지만 아직 마무리 작업을 할 것이 있다고 했다.

"부르고뉴에 발랑틴도 데려갈까?"

예상치 못한 질문이었다. 2주 전이었다면 기뻐서 소리쳤을 것이다. 하지만 오늘 저녁엔 발랑틴을 초대하고 싶은 마음이 없었다. 아니라고 대답하려는데 아빠가 말했다.

"포베리노도 데려가도 돼. 바람 좀 쐬어 줘야지. 텔레비전만 너무 많이 보잖아."

"포베리노랑은 좋아요."

"발랑틴이랑 함께 가는 건 싫고?"

나는 미소 지었다.

"네. 이번에는 싫어요. 나중에요, 나중에."

"심심하지 않겠어?"

"엘렌 고모랑 정원 손질도 하고, 덧창에 니스 칠하는 것도 도와드릴 거예요."

아빠는 세상에서 가장 진지한 표정으로 물었다.

"네가 덧창에 사포질도 하고 니스 칠까지?"

내 방에는 이중창이 달려 있었지만 조용하진 않았다. 아빠가 다시 밥 딜런의 엘피 레코드를 틀었기 때문이었다. 밥 딜런의 목소리가 아빠의 목소리와 함께 어우러졌다. 둘은 형제같았다.

발랑틴은 크리스마스에 부르고뉴로 초대할 생각이다. 생선 파피요트도 먹고, 엘렌 고모, 아빠와 함께 노래도 부를 것이다. 머랭을 얹은 레몬 타르트도 만들고, 신선한 오렌지 주스도 만들어서 샴페인 잔에 따라 마실 것이다. 타로 게임도 가르쳐 줘야겠다. 동물 울음소리를 흉내 내고 알아맞혀 보라고 할 것이다. 발랑틴과 함께 숲에도 가고, 쉬종의 무덤과 포베리노를 발견한 장소도 보여 주고 싶다.

샤리테로 가는 기차 안에서 아빠에게 빨간 넥타이를 맨 키작은 대머리 아저씨 이야기를 들려줄 생각이다. 아빠가 이해하지 못한다고 해도 할 수 없다. 어쨌든 이야기할 것이다. 아빠와 산책할 때, 올 여름에는 우리 둘이 캠핑카로 여행을 가자고 할 생각이다. 캠핑카 안에는 내가 만든 온갖 색깔의 장

식을 달아 놓을 것이다. 아빠한테 가끔은 성채를 방문하는
것도 좋다고 말할 것이다. 그리고 윈드서핑도 해 보고 싶다
고 말할 생각이다. 얼음장 같이 차가운 바다에서 자유형으로
수영도 할 것이다. 단 서핑복은 검은색으로 입고 싶다.

아빠는 아직 내가 아빠 침대 옆 탁자에 꽃을 꽂은 꽃병을
놓은 것도 알아차리지 못했다. 정말 아빠 눈에는 안개가 꽉
껴 있는 모양이다.

그래도 3657 나누기 0.875를 어떻게 계산하는지 가르쳐
주면 아빠를 용서해 줘야지!